Annette & Norbert Sütsch

CLOCHMAR
Der letzte Himmel

Ein kleiner Märchenroman über Schicksal und Freundschaft
aus der Sicht einer philosophierenden Hunde-Madame.

Dieses Buch ist nie vergriffen und über den klassischen
Buchhandel mit Libri-Anschluß und über Internet-
Buchhandlungen zu beziehen.
Nähere Information unter www. Clochmar. de

Herbst 2009
Ein „Books on Demand" Roman
© Annette Sütsch
Umschlaggestaltung: Annette Sütsch
Herstellung und Verlag: Books on Demand GmbH
Printed in Germany ISBN 9783839133369

Für alle Freunde

SO WEIT DIE PFOTEN TRAGEN

Bonjour erst mal. Die Spur der Sterne ist über viele Himmel gezogen, seit wir zuletzt voneinander gehört haben. Und bevor Sie nun all das gleich lesen, was ich – die Hunde-Madame Clochmar aus der Provence – seitenlang von Berlin und über die Rückkehr in mein Land der Kräuter und Lavendel-Felder zu berichten habe, muss ich mich bei Ihnen pardonieren; bitte entschuldigen Sie, dass der Wurf dieser Geschichte etwas länger gedauert hat, als gedacht. Aber daran gemessen, wie rasch, hurtig und pünktlich es in meinem Heimatrevier Südfrankreich zugeht – also da hätte dieses kleine Buch locker noch ein paar Vollmonde länger dauern können; der Himmel weiß wie viele. Ganz im Ernst: ich musste sehr lange nach den passablen Worten schnüffeln und suchen, um halbwegs glaubhaft zu beschreiben, wie viel Unglaubliches über meine unsterbliche Freundschaft zu meinem Freund Rick und meiner Gefährtin Vivina in den Sternen stand. Und dann auch tatsächlich in unserem gemeinsamen Leben stattfand. Das machte mich für eine kleine Ewigkeit schlichtweg sprachlos. Doch nun bin ich wieder für Sie da; mit Herz und Schnauze.

Fangen wir miteinander einfach nochmal von vorne an; besser gesagt da, wo es zuletzt aufgehört hat: bei der Entscheidung von mir, mit Rick und Vivina aus der Provence nach Berlin aufzubrechen. Manchmal hat man nur die Wahl, aus einem vertrauten Revier fort zu gehen oder einzugehen an dem Gefühl, sich nicht auf neue Lebenspfade gewagt zu haben. Glauben Sie mir: man muss seine Courage, wenn die Stunde des Schicksals schlägt, einfach in die Pfoten nehmen; und sich überraschen lassen, wohin das führt.

Mich führte der gewagte Abschied aus meiner Heimat zunächst in die Fahrerei nach Berlin, die ich zu meinem Glück auf dem gut gepolsterten Rücksitz des Flockis, unserer weißen Räderkiste, irgendwie überstanden habe. Dank der raren Rast- und Futterplätze, bei denen ich mich mal strecken, und an meist struppigen Gebüschen abpiseln konnte. Quelle malheur, denn diskret und privé gelang dies höchst selten. Doch was raus muss, muss raus. Wenn's sein muss, mit geschlossenen Augen, damit man nichts und niemand sieht.

Ohne nun übertreiben zu wollen – dieser Anfang meines neuen Hundelebens war ein Angst und Bange machender Wahnsinn, der einfach nicht enden wollte. Zunächst rasten wir über mausgraue, fette und breite Straßenpisten, für die

Rick alle paar Stunden ein neues Eintritts-Billet brauchte. Das kam immer aus einem Metall-Kasten mit ein paar Schlitzen und einem Fangnetz. Und vor jedem war eine sture Schranke, die sich nur erhob, wenn das Metall-Ding mit einer Plastik-Karte gefüttert, oder mit Münzstücken das Netz getroffen wurde. Jeder dieser Knauser-Kasten war zwar so groß wie eine gekühlte Futtertruhe, aber keiner gab je etwas Essbares her. Weder für Fütterer noch für Vierbeiner. Lassen Sie alle Hoffnung fahren, wenn sie an einem Knauser-Kasten stehen: er spuckt immer nur kleine Papier-Streifen raus. Oder gar nichts. Doch wenn die Schranke aufgeht, machen Sie ihre Reifen bitte zu rasenden Pfoten – denn schneller als gedacht, knallt der Schranken-Balken wie eine Guillotine wieder nach unten. Um unbeschadet an den Knauser-Kasten vorbei zu kommen, muss man sich sputen. Oder Sie werden fluchen.

Irgendwann auf der Betonpisten-Fahrt passierten wir – langsam werdend wie eine einschlafende Schnecke – zwei quer im Weg stehende hagere, ebenmäßig runde und zweifarbige Baumstämme. Rick murmelte etwas von Grenzübergang und dass es nun ungemütlicher werden würde. Recht hatte er, leider. Denn kurz danach befanden wir uns plötzlich mitten in einer Art Hunderennen von Autos. Alle Fütterer, die am Steuer saßen, mussten tollwütig geworden sein. Sie rasten, als jagten sie einem unsichtbaren Hasen hinterher, der wahrscheinlich sowieso schon längst überfahren war. Denn diese hetzende Blechschlangen-Lawine war für alle, die nur vier Pfoten aber keine Räder hatten, das reinste Selbstmord-Gebiet – eine Zone suicide. Dachte ich. Doch kurz vor Ende unserer Tollhaus-Tour auf Reifen grüßte mich am Straßenrand ein Bär mit erhobener Tatze; ja ein Bär! Allerdings war er wohl vor langer Zeit bei seiner Gruß-Geste vor Schreck über den rasenden Alptraum auf der Asphalt-Piste für immer erstarrt. Er stand da, aufrecht aber regungslos, wie eine braune Stein-Säule aus gehärtetem Fell. Wir waren endlich in Berlin, wenn ich Ricks erleichterten Stöhner richtig verstand. Also Kopf hoch, um die Gegend in meiner neuen Heimat mal zu peilen. Das war keine gute Idee. Was ich in der von blendenden Lichtkeulen beherrschten Nacht erkennen konnte, ließ mich rasch wieder nach unten in meine Liegeposition auf den langsam doch unbequem werdenden Rücksitz sinken: an den Seiten des Fahrtpisten-Labyrinths ragten aufeinander getürmte und zusammen gezwängte Behausungen in den Himmel über Berlin.

Diese wie unbezwingbare Felswände wirkenden Mauerfassaden mit ihren traurigen, verstaubten Fenstern und verrammelten Türen ließen mich frösteln. In diesen Behausungen konnte man niemals zufrieden leben, sondern bestenfalls länger als gedacht überleben. Sollte so ein von jedwedem Glücksgefühl kastrierter Steinkasten mein neues Zuhause werden, na dann gute Nacht. Um nun nicht falsch verstanden zu werden: Berlin ist eine Reise wert, nur keine solche, wie sie mir zugemutet wurde.

Als wolle sie mich trösten, strich mir meine sichtlich erschöpfte Gefährtin Vivina sanft kraulend, wie nur ihre Hände es konnten, über das Fell und flüsterte, dass wir gleich da wären. Ganz ehrlich gesagt, bat ich innerlich meinen Zwillingsfreund, der sich vor langer Zeit – in meiner alten Heimat mit dem vergessenen wilden Garten – unfreiwillig von mir verabschiedet hatte, um Beistand. Er musste einfach von dort oben im Hunde-Paradies dafür sorgen, dass mich hier kein Leben erwartete, das die Entscheidung meines Herzens, zum vierbeinigen Berliner zu werden, zum fatalen Irrtum machen würde.

Rick sah mich in dem vorderen Scheiben-Spiegel, der die Welt von rückwärts zeigt, besorgt an und versprach sich oder mir, dass wir in ein paar Wochen wieder am Meer sein würden. Und sollte Berlin für mich einfach nicht das richtige Revier sein, dann müsse man eben irgendwie weitersehen. Wie bitte?! Mir blieb die Spucke in meinem eh schon ausgetrockneten Gaumen weg: das war ja zum Bellen; eher noch zum Aufheulen! Glaubte Rick denn wirklich, dass mir irgendetwas an Berlin lag? Hatte mein Freund nicht begriffen, dass wir Drei – er, ich und Vivina – zusammen gehörten wie Musketiere, die das Schicksal zueinander geführt hatte. Und es nun an uns war, heraus zu finden, weshalb. Ganz egal wo. Von mir aus auch in Berlin.

Naja, zugegeben, so ganz egal war das „wo" allerdings nicht, wie Sie später noch erfahren werden. Was mir alles an Behausungen zugemutet wurde, wau wau wau. Aber nichts und niemand ist vollkommen, also darf das Schicksal auch mal schwächeln. Nur möglichst nicht zu oft, und nicht zu lang. Sonst wird es nämlich finster und alles noch undurchschaubarer, als es eh schon ist.

Kehren wir, um es mit einer menschelnden Ausdrucksweise zu sagen. zurück auf den Teppich der Tatsachen.

An meinem ersten Berliner Zuhause mit Rick und Vivina gab es nicht wirklich was zum Knurren. Gut, zum Schwanzwedeln war es auch nicht gerade. Wir hatten nämlich nur drei Zimmer: das eine mit dem inselbreiten Schlaflager – was für mich Sperrgebiet war; dann das größte mit einem Kamin, den Rick natürlich wieder Abend um Abend zum Lagerfeuer-Hort machen musste, und zum dritten unser Futter-Zimmer, mit einem einladend großen alten Tisch. Bei seinem Anblick kam Freude in mir auf, denn da passte richtig was drauf. In diesem Speisen-Raum hatten Rick und Vivina für mich eine bequeme breite Couch als Aufenthaltslager hergerichtet – ganz liebevoll mit Kissen und Decken. Dieser Platz war von der Lage her ein Vorbild für alle Fütterer, die Freunde von anspruchsvollen Vierbeinern werden wollen: nach hinten war ich bestens geschützt von einer Wand, und nach vorne bot sich mir ein ungetrübter Überblick hinein zur Küche. So konnte ich in die Zaubertöpfe meiner Gefährtin hinein spähen, und gleichzeitig den lobenswert großzügigen Tisch in meinen Augen behalten. Formidable.

Ein etwas klein geratenes Grün-Revier, das verglichen mit meinem vergessenen wilden Garten an unserem französischen Lieblingshaus eher für putzige Pinscher als für Hunde-Madames wie mich taugte, gab es auch. Die Tür zu diesen spärlichen, überall gleich hohen Grashalmen war ganz hinten im Kamin-Zimmer.

Kaum war sie nach unserer Ankunft das erste Mal offen, war ich auch schon draußen, um zu erschnuppern, ob in meinem neuen Heimatrevier möglicherweise angenehme Artgenossen zu wittern waren; was ich meinen nicht mehr ganz jungen Knochen hätte ersparen können. Denn die mit ein paar kurzen Pfotenschritten erreichbare Garten-Umgebung in meinem neuen Zuhause roch nach leeren, mit Zitronenduft gewässerten Futternäpfen. Und was ich an Luft erschnupperte, war durchzogen von einem Mischmasch-Duft, der alles mögliche inne hatte, aber keinen Hauch einer Spur von Artgenossen; auch nicht von kräftigen Kräutern oder gischtenden Meereswellen. Endlich wusste ich, was Heimweh bedeutet: die Erinnerung an Gerüche und Gefährten. Dieses Wissen hätte ich mir gerne erspart. Doch schon morgen sollte ich auf angenehmste Weise mitbekommen, dass dieser recht mickrige Garten nur ein grüner Vorhof war, der zu dem sandigen und ringsherum bewaldeten Abenteuerland meiner Artgenossen in dieser Stadt führte.

Der Weg dorthin ebnete mir später den Pfotenpfad zu Max, meiner letzten großen Liebe. Eine Liebe, bei der es noch einmal Fell an Fell ins wonnige, schon fast vergessene Paradies ging. Ein Paradies, das Worte nicht beschreiben können. Alles hat seine Grenzen, auch die Sprache. Daher kommt der Ausdruck Sprachgrenze, hihi.

Ich drücke es jetzt mal so aus: mit derart grenzenlosen Gefühlen zu einem um Jahre jüngeren Liebhaber-Rüden hatte ich in meinem Alter wirklich nicht mehr gerechnet; und war davon – ganz ehrlich gesagt – auch etwas überfordert. Die späte, durchaus rasante Romanze mit Max wird auch Sie überraschen. Wir flogen zusammen in eine Wolke aus der Welt, die keine Zeit kennt. Wunder gibt es eben immer wieder, wenn das Schicksal gut gelaunt ist. Sie dauern natürlich nicht ewig, und runter kommt man von ganz alleine wieder früh genug. Leider.

Zurück zu meinem ersten kurzen Pfotenmarsch in den bescheidenen Garten, der an unsere berlinische Klein-Behausung grenzte. Ich musste den Erkundungs-Rundgang abbrechen. Es war stockfinster geworden; und eine fauchend-feuchte Kälte, übel wie der Mistral-Wind und beißender als ein tollwütiger Kläffer, bohrte sich unaufhaltsam in mein Fell. Dazu kam mein immer borstiger knurrender Magen. Also sputete ich mich, zurück ins Warme auf meine kuschelige Couch im Speise-Raum zu kommen.

Rick und Vivina hatten sich schon Sorgen gemacht, wo ich abgeblieben war, und dabei leider unser allabendliches Futter-Ritual völlig aus den Augen verloren. Mit nur einem Blick in die Küche wich in mir jede Hoffnung: da lag kein Messer neben einem leckeren Fleischbraten, da dampfte kein Zaubertopf mit Nudels auf dem Herd, die ganze Küche war wie verwaist. Und jetzt?! Womöglich Büchsenmampf, und das am ersten gemeinsamen Tag in unserer Berliner Behausung? Non, niemals. Dosenfutter als Empfang in einem neuen Revier - dies empfand ich als unentschuldbare Zumutung; als Affront, bei aller Liebe und Freundschaft. Um es gleich vorweg zu nehmen: selten habe ich mich in meinem Leben so abwegig geirrt.
Wir fuhren nämlich in einen Feinschmecker-Festsaal, der mich sogar mein Lieblings-Restaurant am Meer, das Relax und Daniels dortige Kochkunst vergessen ließ. Dieser jeden Gourmet-Gaumen zum Verweilen einladende Futtertempel nannte sich „La Fontana". Und war, wie Sie sich bei dem

Namen denken können, in italienischer Zaubertopf-Hand.

Sollte ich Rick von meinem freundlich geduldeten Platz – halb unter und halb neben dem Tisch – richtig verstanden haben, war er sich sicher, dass in diesem lecker duftenden Lokal die Mampfia ihre Finger mit drin hatte. Keine Ahnung, was er damit meinte. Und letztlich auch völlig egal. Mir war nur eins wichtig: wie viel fiel für mich ab von den großen Tellern, die nach Pasta paradiso rochen, aber überall hingetragen wurden, nur nicht zu uns. Was sich erst änderte, nachdem Mario – bei dessen Anblick Vivina irgendwie ein wenig unruhig wurde – an unseren Edelfutter-Platz kam; und Rick in überschwänglicher Laune bei dem Azzurro-Adonis so viele Leckereien bestellte, dass ich sie mir gar nicht merken konnte.

Doch bis heute erinnere ich mich bestens an den Geschmack der vielen kleinen Speiseproben, die mir von Vivina und Rick – serviert in einem Porzellan-Napf des Hauses – unter den Tisch gestellt wurden. Es hörte gar nicht auf: eine saftige Sensation nach der anderen wanderte – bestens abgeschmeckt – runter zu mir. Nur gut, dass ich nicht auf Süßes stehe. Denn der letzte Tellergang mit einem halb flüssigen Schokoladen-Kuchen hätte selbst meinen eigentlich recht mächtigen Magen überfordert. Nach Pasta ist einfach basta.

Während Rick und Vivina – wir waren mittlerweile die letzten Gäste – an ihren Glimmstengeln zogen und sich ein Getränk, das von Mario „Grappa" genannt wurde, Glas um Glas genehmigten, hatte ich Zeit, die in Windhund-Geschwindigkeit vergangenen Stunden in meinem Leben gedanklich zu verdauen.

Zuweilen braucht es den Blick zurück, damit man gezielt nach vorne schauen kann. Und wunschlos gesättigt lässt es sich am besten nachdenken, weil Hunger nur ablenkt. Was war eigentlich der wahre Grund gewesen, dass ich mein Heimatrevier verlassen hatte und Rick und Vivina in eine ungewisse Zukunft gefolgt bin? Letztlich doch nur eins: diese seltsame, von unseren Gefühlen getragene schicksalhafte Freundschaft; und wie, wenn nicht zusammen, soll man eine Freundschaft denn leben? So gesehen war mein Entschluss, mit ihnen zu fahren, im Grunde genommen aus dem Vertrauen geboren, dass wir nur miteinander unsere innere Sonne finden konnten. Ihre unsichtbares Strahlen durften mein Freund, meine Gefährtin und ich nie aus den Augen verlieren.

Die beiden wussten in ihren Herzen, was ich wegen unserer ersten Berliner Behausung – die nicht die letzte sein sollte – alles aufgegeben hatte: mein ganzes bisheriges Leben in der Provence, im Kräuterduft-Land am Meer. Und auch den mit sanftem Moos überwachsenen Steinhügel in dem vergessenen wilden Garten, auf dem ich bei Vollmond mit meinem im Hundehimmel weilenden Zwillingsgefährten sprechen konnte. Der fehlte mir jetzt. Es gab so viele Fragen an ihn. Vor allem natürlich die eine: war es wirklich die richtige, weil vom Schicksal vorbestimmte Fährte, die mich zusammen mit Rick und Vivina nach Berlin geführt hatte? Heute weiß ich, dass seine Antwort ein zustimmendes Nicken gewesen wäre. Trotz allem Ungemach, das uns neben unvergesslichen und märchenhaften Sternstunden erwarten sollte.

Eine solche Glückstern-Stunde hielt bereits der nächste Morgen bereit. Mir stand ein eiskalter Höhepunkt in meinem Leben bevor – und das in Hülle und Fülle.

Nach einer wohligen und wonnig satten Nacht auf meiner Couch im Futterzimmer wurde ich von diesem traumhaft duftenden, jeden Teller überlappenden Schinken auf dem Esstisch wach geschnuffelt. Merci Berlin! Wer so geweckt wird, dem geht's wahrlich nicht schlecht. Aber was war das?! Vivina und Rick sahen erst mich und dann das große Fenster über der mit Leckereien bestückten Tischplatte besorgt und sprachlos an. Immer wieder ging ihr Blick nach draußen und danach zu mir. Endlich erkannten auch meine noch müden Augen den Grund dafür. Draußen vor dem Fenster geschah ein Wunder: weißer, flockiger Regen fiel federleicht, sanft im leichten Wind wippend, vom Himmel. Mit einem ganz eigenen Zauber: denn am Boden angekommen, verwandelte er den gestern noch aschfahlen Boden vor unserer Behausung in einen glitzernden Watteblüten-Strand. Ich richtete mich auf, um besser erspähen zu können, welche Pracht mir da dargeboten wurde. Erfreulicherweise war fast jeder dieser in weiße Blüten verwandelten Regentropfen langsam genug, dass ich ihn ganz sicher im Sprung mit meiner Schnauze anstupsen konnte; trotz meines zugegebenermaßen etwas üppig gewordenen Gewichts. Aber in meinem Alter zählt man nicht mehr die eigenen, sondern die essbaren Kilos. Und so hatte ich damit wirklich pas de probleme. Lieber füllig als hungrig. Doch zurück zu Vivina, Rick und dem wundersamen weißen Regen hinter dem Fenster.

Gleichermaßen besorgt erklärten mir mein Freund und meine Gefährtin, dass diese weissflockige Regenart Schnee genannt wurde. Und kalt wäre wie die gefrorenen Wasserstücke im obersten Fach unserer hohen Futtertruhe. – Ja und? Mein Fell war gepolstert genug – es hatte in meinem Heimatrevier selbst die windigste Wintermeer-Gischt einfach abgeschüttelt. Rundlich machende Reserven am eigenen Körper haben eben auch Vorteile. Wie sollte mir da dieser flockige Regen mit seinen Schnee-Blüten etwas anhaben? Er lud doch förmlich zum darin Rumbalgen ein! Ich musste raus und in ihn hinein; besser gesagt: wir mussten da raus. Denn allein zwischen all den Flocken würde es mir ergehen wie einem ausgesetzten Artgenossen, der zwar alles sieht, aber nicht mehr durchblickt: und wer nicht mehr weiß, wo vorne oder hinten ist, der findet nie nach Hause zurück. Außer mit viel Glück, auf das man sich nicht immer – und vor allem nicht leichtsinnig – verlassen sollte.

Allerdings musste der weisse Zauberregen bis nach dem Frühstück auf mich warten. Manches Abenteuer im Leben lässt sich mit gut gefülltem Magen einfach besser angehen.

Mein drängelndes Schwanzwedeln nach unserer Morgenfütterung überzeugte Rick und Vivina, dass es Zeit war zum Aufbruch in die weissen Flocken, die wie kleine Stern-Federn vom Himmel fielen. – Erinnern Sie sich noch an ihre erste Schnee-Erfahrung?

Ich habe bis heute nicht vergessen, wie mulmig mir wurde, als meine Pfoten auf der riesigen weißen Schneedecke vor unserer Behausung keinen rechten und keinen linken Halt fanden. Sondern wegrutschten wie auf einem tückischen Strandstück, das sich von jetzt auf gleich in Treibsand verwandelt. Aber es kam noch schlimmer: kaum hatten wir das an unseren Pinschergarten angrenzende Rutsch-Revier hinter uns, ging es richtig abwärts; und bei aller Vorsicht unaufhaltsam nach unten. Meine Pfoten begannen – tiefer als mir lieb war – in dem weißen, kühlen, wenngleich anschmiegsamen Schneeboden zu versinken. Was mich, ganz offen gesagt, nicht gerade begeisterte. Denn so war jeder Schritt auf unserem – zu einem Wald führenden – Weg weit mühsamer als bei jeder Promenade in meinem Heimatrevier. Zunächst. Doch nach ein paar peinlichen Versinkern wurde mir klar, dass mich statt vorsichtigem Gestakse eher gewagt tollkühne Sprünge weiter brachten; und zwar viel weiter, als von mir gedacht. Ich sage Ihnen: wer etwas wagt, der gewinnt – zumindest mit großen Sätzen.

In diesen Schnee genannten Regen konnte ich mich nämlich reinschmeißen, als wäre er weißer, kühler Sand auf einem noch unerpirschten Strand. Et voila! Die Landungen nach meinen Pfoten-Flugversuchen waren ein Genuss: ich platschte wie ein junger Balg, der sich auf ein weiches Federkissen stürzt, in den flockig aufwirbelnden Schneeteppich. Und wurde von ihm aufgefangen und gehalten, als wolle eine riesige weiße Meeres-Welle ein etwas überladenes Fischerboot einfach nicht untergehen lassen. Dieser vom Himmel gefallene Teppich aus Schnee war auf meiner Seite: ich konnte mich fallen lassen – er hielt mich wie ein Freund mit meinem ganzen Gewicht aus.

Es brauchte geraume Zeit, bis ich bemerkte, dass all die Bäume um mich herum von den strahlenden, kühlen Flaumflocken mit einem weißen Fell überzogen waren; manche bis runter zum Stamm. Ein Schnee-Wald. Traumhaft. Außerdem hatte ich die freie Auswahl zwischen unzähligen Watteblüten, die zwischen den Zweigen hindurch segelten – direkt auf mich und meine Schnauze zu. Ein kurzer Schnapphüpfer, und schon hatte ich eine himmlisch frische Flocke auf meiner Zunge. Schnee-Eis vom Feinsten – besser als jeder Schlabber aus einem gut gemeint gefüllten Wassernapf. Es war wahrlich eine Glückstern-Stunde aus Schnee.

Sich an den Händen haltend, lächelten Vivina und Rick erleichtert. Der Spaß, den ich hatte, machte ihnen ganz offensichtlich richtig Freude. Vielleicht hatten die beiden nun endlich eingesehen, dass wir Drei eben nur miteinander die andere Seite des Schicksals – die zurück gibt, was verloren scheint – erleben durften. Wir hatten mein Heimatrevier, für das auch ihre Herzen ganz tief innen schlugen, verlassen und waren zusammen in Berlin angekommen. Nun galt es, daraus das Beste zu machen – im Namen unserer Freundschaft. An mir sollte es nicht liegen. Solange es einem innen warm ist, kann es draußen ruhig kalt sein.

DIE LETZTE GROSSE LIEBE

Selbst heute noch, wenn ich so zurückschaue auf mein Ankommen in der Stadt mit dem Bär, muss ich sagen: nach dem ersten Schock war es dufte und es duftete angenehm annehmbar; außer in unserem Pinschergarten. Doch mit jedem Pfotenschritt in Richtung Wald wurde die Luft zwar anders als in meinem Heimatrevier am Meer, aber trotzdem nicht schlecht. Nur irgendwie schwerer. Erdrückt hat sie mich allerdings nicht, sondern meist eher verzückt. Zumindest kommt es mir jetzt – beim Blick zurück – so vor. Der Grund für meine größtenteils sonnige Erinnerung an diese Waldluft-Zeit heißt Max. Dieser sehnige Sennen-Jungspund kraulte und forderte noch einmal die Madame in mir heraus. Er stand geradezu auf mich und manchmal sogar fast auf mir. Was ich dann aber im letzten Moment – ihn zügelnd anbellend – abzuwehren verstand. Alles hat seine Grenzen, zumindest in meinem Alter. Hunde-Madames wie ich haben Prinzipien. Drängen und Drängeln kommt da nicht an oder in Frage. Geschmeichelt war ich natürlich trotzdem. Ein fescher Rüde wie er hatte eigentlich freie Rudelauswahl und vergaß sich und seinen anerzogenen Benimm ausgerechnet bei mir. Hihi.

Max war das, was Fütterer eine gute rassige Partie nennen: er wohnte in einem einladend großen Haus, das an dem letzten Stück von dem Weg stand, der zu dem anfangs weißen, später dann grünen Wald führte. Für mich ähnelte dieses mal kühle, mal warme Land der Bäume auf ganz angenehme Art der Magie des Meeres: es war – wie die Wellenwelt – nie gleich, sondern immer anders.

Kommen wir nun also endlich en detail zu meinem ganz persönlichen Gefühls-Gipfel in Berlin: die große Liebe zu Max, dem übermütig verspielten und in mich verliebten Sennerhund. Unsere Begegnung war eine etwas kurze, dafür aber heftige Romanze und reizend schmeichelnd für eine Hundemadame in meinem fortgeschrittenen Alter.

Bitte sehen Sie es mir nach, dass ich nach all den Jahren wirklich nicht mehr zweifelsfrei weiß, wann genau sich die Wege von Max und mir kreuzten. Das ist alles so verdammt lang her. Wahrscheinlich war es an einem Sonntag, denn da geschehen die meisten Wunder – weil man Zeit dafür hat.

Sicher ist: es geschah an dem Gartentor des einladenden Hauses auf unserer Hauptpromenaden –Route in den Wald. Die Äste und Zweige grünten bereits wieder saftig. Es war Frühling, und schon von außen neidvoll zu erkennen: Max hatte en Garantie eine gemütliche, großzügige Luxus-Hütte

16

als Zuhause. Sein Heim stand so nahe an den ersten Bäumen des Waldes, dass er den Duft ihrer Blätter und Knospen von seinem bebuschten Garten aus immer erschnuppern konnte – auch ohne Wind. Dieser Glücksbalg.

Und trotzdem, wenn es nach mir gegangen wäre, hätte ich den hinter dem Gartentor stramm stehenden Max womöglich mit Absicht gar nicht beachtet. Denn so junge Rüden, ganz egal wie anhimmelnd ihr Blick war, gingen mir damals schon an meiner ergrauten Schnauze vorbei. Alles hat seine Zeit, und meine war, was das kosende Rumbalgen mit Monsieur-Artgenossen anging, schlichtweg vorbei. Diesen ständig mit viel körperlicher Anstrengung verbundenen Spaß wollte ich meinen über die Jahre müde gewordenen Knochen nicht mehr antun. Doch Max war hartnäckig wie ein Angler, der den Fang seines Lebens wittert. Er ließ nicht locker mit seinen Bell-Komplimenten an mich: ihm fielen immer neue schmeichelnde Balzlaute ein, die ich lieber nicht übersetzen möchte. Sie waren zu eindeutig.

Davon aufgeschreckt oder womöglich angelockt, kam die Fütterin von Max aus dem von allen Seiten harmonischen Haus bis ans Gartentor und begrüßte Rick und Vivina. Etwas distanziert, aber nicht ablehnend. Ihrem erstaunten Gesicht war allerdings abzulesen, dass auch ihr unergründlich blieb, weshalb der junge Monsieur Max ausgerechnet bei mir verrückt spielte. Um nicht zu untertreiben: es war ihr sogar höchst peinlich. Tja, wo die Liebe hinfällt, hinterläßt sie Fragen. Vielleicht hatte mein Fell noch den Duft meiner alten Heimat in den Haarspitzen – diese geheimnisvolle Mischung aus Kräutern, Blüten, Meer und Gischt. Egal, Herzen kennen keine Gründe, sondern nur Gefühle und davon hatte Max zu mir mehr als genug. Er schnäuzelte mich zärtlich um die Nase, rieb seinen seidig sauberen Pelz an mein Fell, und sorgte mit einer drängelnden Umpfotung dafür, dass wir zu Boden in den Nahkontakt gingen. Nun war aber genug – dachte sich auch Max Fütterin und rief ihn zu sich. Zunächst vergeblich. Denn mein junger Liebkoser hörte nicht auf sie, sondern ließ seinen Trieben freien Lauf. Ihm war nach gemeinsamen Balgen und alles andere war ihm egal. Erst als ihn seine ungläubig starrende Futter-Madame mit einem harten Halsband-Griff von mir runter zog, kam Max wieder halbwegs zur Besinnung und Vernunft. Aber mich ziehen lassen wollte er deshalb noch lange nicht.

Er bat überzeugend bellend nach seinem Ball. Und bekam den schließlich von seiner etwas überfordert wirkenden Fütterin gebracht. Max bekam wahrscheinlich immer was er wollte.

Sein jungendlicher Rüden-Charme war einfach außergewöhnlich, das muss selbst ich zugeben. Rick und Vivina standen innerlich lächelnd da. Sie konnten kaum fassen, was sie sahen. Max stupste die bunte Kugel, die nicht größer als eine nach Honig schmeckende Melone war, mit seiner schlanken Schnauze zu mir. Ich ließ den Ball meines wegen mir verrückt spielenden Verehrers ganz gemächlich an mir vorbei rollen. Er stutzte und sah mich mit seinen unwiderstehlich glänzenden Augen verdutzt an. Dann flitzte er der bunten Kugel hinterher und griff sie vorsichtig mit seinen sahneweißen Beißern. Danach hopste Max – den Ball in der Schnauze – auf mich zu und legte ihn und sich vor meine Pfoten. Ja und jetzt?! Was erwartete Max von mir? – Dass ich den Ball mit meiner Schnauze zurück stupsen solle, erklärte mir Rick; Max wolle mit mir Ball-Spielen. Und damit wären wir bei dem, was jede große Liebe einfach auch hat: etwas traurig Tragisches. Mit einem Ball zu spielen hatte ich nämlich nicht gelernt, weil es mir nie von jemand gezeigt wurde. Manchmal holt einen die Vergangenheit leider mit etwas ein, was man nie hatte. In meinem Fall die Gelegenheit, mit einer schön bunten Kugel richtig Spaß haben zu können.

Max hätte mal besser mit Cimbo, einem colligen Artgenossen, den ich später noch kennen lernen sollte, Ball gespielt. Denn Cimbo wusste damit umzugehen, wie kein zweiter. Wirklich, gegen den Ballkönig Cimbo hätte selbst Max mit seinem jugendlichen Elan alt ausgesehen – ohne ihm zu nahe treten zu wollen.

Doch bei dem Pistensand-Pfotenrennen, das nach dem etwas ernüchternden Ball-Spielen kam und mich innerlich wieder aufbaute, da wiederum war mein junger Liebkoser unschlagbar, und hätte selbst Cimbo abgehängt.

Was ein Pistensand-Pfotenrennen überhaupt ist, wusste ich bis zu diesem vom Schicksal bestimmten Treffen von Max und mir am Gartentor übrigens auch nicht. Doch heute kann ich es Ihnen erklären, oder zumindest davon erzählen.

Zunächst braucht man dafür einen möglichst breiten Sandstrand – egal ob mit oder ohne Meer. Und den gab es ganz in der Nähe von Max edlem Heimatrevier am Ende des Waldes, den wir beide – begleitet von Rick, Vivina und seiner Fütterin – zusammen durchforsteten. Max und ich tobten zwischen den Bäumen hindurch, als wären es dicke Slalomstangen aus Holz und Rinde.

Jeder Stamm roch anders, und nachdem wir beide ihn ein wenig bepiselt hatten, vor allem nach uns. Ja, Duftmarken kann man selbst im Wald setzen. Zurück zum Sandstrand, der sich vor meinen staunenden Augen nach den letzten Bäumen auftat. War dieses Berlin womöglich auf Sand gebaut, und hatte irgendjemand glücklicherweise schlicht vergessen, diese einladend große und lange Strandpiste mit Behausungen unsichtbar und unbrauchbar zu machen? Wie auch immer – ein Meer war leider weit und breit nicht in Sicht; doch der weiche Sand erinnerte mich trotzdem rührend vertraut an mein Heimatrevier.

Rick lachte beim Anblick des Sandgeländes, als hätte er mal wieder ein wenig zu viel genuckelt. Zwischen seinen Lachanfällen erklärte er Vivina, dass auf diesem Gelände noch vor ein paar Jahren Fütterer in Uniform patrouilliert hätten. Und darauf wurde nun – pardon – gekackt, da viele Berliner Vierbeiner ihre großen Geschäfte genau hier erledigten.

So, und nun einen lobenden Wuff-Tusch auf das Schicksal! Es meinte es nämlich gut mit mir, dank Max. Ohne ihn hätte ich mich bei dem Pistensand-Pfotenrennen wegen meinem etwas großzügigen Gewicht womöglich peinlichst blamiert. Dabei waren die Regeln für dieses Rennen dankenswert einfach; es gab nur eine einzige und die hieß: an einem bestimmten Sandhügel rannten alle – die mitmachen wollten – gleichzeitig los, drehten eine riesige Pfotenrunde auf dem Strand und wer als erster wieder an dem Start-Strandhügel ankam, der hatte gewonnen. Soweit die Theorie und nun zu dem, was wirklich geschah und mich bis heute Schmunzeln lässt.

Als Max und ich an diesem denkwürdigen Tag die Strandpiste ohne Meer erreichten, wartete bereits ein bunt zusammen-gewürfeltes Rudel von Rüden-Artgenossen und anhimmelnd schmachtenden Hunde-Madames auf ihn. Eigentlich hatte er ja nur Augen für mich, doch um eine Begrüßung der anderen Vierpfoter kam er nicht herum. Was ich ihm nachsah: ein Mindestmaß an Benimm muss einfach sein – ob verliebt oder nicht. Keine und keiner aus seiner versammelten Gefährten-Schar wagte es, Max fragend anzubellen, weshalb er mit einer doch sehr deutlich älteren Freundin wie mir angekommen war. Mein Liebkoser hatte offenbar Narrenfreiheit; und genoss ausnahmslos bei allen Artgenossen uneingeschränkt Respekt.

Auf sein Kommando-Bellen reihten wir uns – ich an seiner rechten Flanke – bei der kleinen Start-Sanddüne in einer Pfotenlinie auf. Und sobald Max seinen schwarzweißen Schwanz-Schweif senkrecht in den Himmel reckte, ging die Hunde-Post ab.

Mein in mich vernarrter Sennerhund ließ seine Pfoten über den Sand fliegen, so schnell, dass kein Mitläufer, egal ob Rüde oder junge Madame, an ihm vorbei kam. Max gab die riesige, kreisrunde Umlaufbahn im Sand vor und wir jagten ihm nach. Ohne jede Chance, an dem wie irre vorpreschenden Sennerhund vorbei zu kommen. Er war vorne, er blieb vorne, er gewann immer. Jeder und jede konnte ihm nur hinterher hecheln. Zwei oder drei Runden gab ich mir alle Mühe, mit meinen von den Jahren ermüdeten Muskeln nicht als letzte an der sanft gewölbten Sanddüne, wo wir immer losrannten, anzukommen. Was mir allerdings nur gelang, weil auch mehrere Dackel jede sandige Jagdrunde mitmachten. Und die Beine dieser knirpsigen Knuddel-Gefährten waren so kurz, dass sie wuseln konnten, wie sie wollten – wirklich Strecke machten sie auf dem Strandsand nicht. Nicht einmal gegen mich.

Bevor Max zur letzten Kreislauf-Runde im Sand aufbellte, wurde ich von ihm zur Seite genommen. Er wuffte mir leise zu, dass ich auf sein wedelndes Schweifzeichen hin einfach schnurstracks den kürzesten Pfotenweg zurück zu der Start-Sanddüne einschlagen sollte. Quer durch den Strand. Dazu musste ich mich einfach ans Ende des Hunderenn-Feldes fallen lassen. Hinter die Dackel. Er würde alle anderen so ablenken, dass sie die kleine Finte nicht wittern könnten. – Wie bitteschön konnte das gehen? Ich kann Ihnen nur sagen: es ging und gelang.

Als alle zur letzten Sandtour loswetzen, drosselte Max nach ein paar Sätzen seine Pfotenstärke und ließ abwechselnd andere Mitrenner die Führung übernehmen. Mit allerhöchstens halber Sprungkraft mitrennend, hielt er sich etwa in der Mitte des hechelnden Pulks auf und gab mir das verabredete Schweifzeichen. Bereits hinter die Dackel zurück gefallen, änderte ich unbemerkt von allen meine Pfotentour und hielt geradeaus auf die das Rennen entscheidende, kleine Sanddüne zu. Max machte nun wieder Ernst und setzte sich mit schnellenden Sprüngen an die Spitze des Felds. Und kurz nachdem ich an dem gewölbten Sandhügel angekommen war, flog Max, die geschlagene Meute anführend, auf mich zu und erklärte meine füllige Wenigkeit – gönnerhaft aufbellend – zur Siegerin. Ein kurzer Knurrer von ihm ließ das murrende Gewuffel der anderen verstummen. Tja Freunde: wer abkürzt ist einfach schneller; und gewinnt, wenn er einen wie Max auf seiner Seite hat.

Natürlich hatte mich mein Liebkoser nicht ohne Hintergedanken zur Gewinnerin gemacht. Denn nun war ich ihm einen Gefallen schuldig, den er auch bekam. Wann und wo bleibt unser Geheimnis. Bei manchem muss man aus privaten Gründen einfach die Schnauze halten. Aber soviel kann ich verraten: es ist mir immer noch schleierhaft, woher Max in seinem jungen Alter die Kraft für seine Schnelligkeit und Ausdauer hernahm – in vielerlei Hinsicht.

Vivina erklärte mir bei der gemächlich angetrabten Promenaden-Route zurück in unsere Berliner Behausung, bei der uns die Abendsonne wärmend begleitete, dass Max Liebe zu mir ihm Flügel an den Pfoten hätte wachsen lassen. Ganz ehrlich gesagt, hab` ich die nicht gesehen. Aber mein Blick war ja auch nicht mehr der schärfste. Doch wenn es darauf ankam, hatte ich die Augen einer Eule, die selbst nachts alles erkennen kann. Und mit geschlossenen Augen sieht. So entging mir nicht, dass unsere Heimatbehausung Tag um Tag düsterer wurde. Wie der einst strahlende Schnee, dessen weiße Pracht von den Zweigen und am Boden entweder ganz verschwunden, oder zu aschgrauen Haufen zusammen geschmolzen war. Mein etwas kleines Gartenrevier und die in Sichtweite stehenden Büsche und Bäume waren nun wieder grün, wie ich es aus meinem Heimatrevier kannte. Trotzdem kamen in mir keine Gefühle auf, die auch nur annähernd an das Glück von dort erinnerten. Es fehlte einfach dieser Geruch in der Luft, der zum Lächelnd einlädt. Das wahre Paradies liegt eben in der Provence; und nirgends sonst. Zumindest für mich – allerdings nur zusammen mit meinem Freund und meiner Gefährtin. Und die beiden waren noch nicht bereit für den Abschied vom Himmel über Berlin. Deshalb musste der Himmel dort unten am Meer noch auf uns warten; aber er würde da sein, wenn wir ihn brauchten. Das wusste ich.

Die Promenaden-Runde in den Wald und zu Max machten wir zwar weiterhin jeden Tag, aber leider nur noch selten alle Drei zusammen. Denn mehrere Morgen hintereinander verließ Vivina mich und Rick. Weder gerne oder freiwillig – sie musste aufbrechen an einen Ort, der Arbeit genannt wird. So erklärte es mir zumindest mein Freund, der glücklicherweise in unserer Behausung blieb.

Alles hab ich nicht verstanden, aber soviel wurde mir nach einigen Erklärungs-Anläufen von Rick klar: Berlin hieß für die meisten Fütterer, sich bereits kurz nach dem Wachwerden auf den Weg nach ihrem Arbeitsort zu machen. Ob sie wollten oder nicht. Es blieb ihnen keine Wahl, da sonst alles in Gefahr war, was das Leben erträglich macht: heimelige vier Wände, feines Futter, Freunde und innere Freude. Wer das alles halten und bewahren wollte, der musste für viele Stunden aus dem Revier seines Herzens weg gehen. Manchmal weit weg.

Rick machte da erfreulicherweise eine Ausnahme. Wenn Vivina mit tapferen Augen am Morgen Abschied von uns beiden genommen hatte, setzte er sich an einen alten Tisch, der nur Platz für einen einzigen Stuhl bot – eine gepolsterte Sitzfläche mit Rollen unten an den Beinen. Auf der Tischplatte stand ein kleiner Fernseher und ein längliches Tablett mit kleinen Tasten, die Rick mit seinen Fingern zu treffen versuchte. Manchmal flugs im Flug, aber meistens lange darüber kreisend; wie die Krallen eines alten Falken, der sich Zeit lässt, bis er endlich entscheidet, wohin sein Sturzflug führen soll.

Ich lag derweil auf der Decke vor dem Kamin und erinnerte Rick mit kurzen Schnufflern daran, wenn es Zeit zum Futter fassen war. So teilten wir die Stunden des Tages und die stets geschmackvoll ausgesuchte Leckereien miteinander; schweigend und speisend.

Erst beim – verglichen mit meinem alten Revier – viel zu frühen Einbruch der Nacht kam dann auch Vivina wieder zu uns zurück. Manchmal gerade noch rechtzeitig, um sich von der untergehenden Sonne zu verabschieden. Aber meist war die schon hinter den Baumkronen des Waldes verschwunden, wenn meine Gefährtin auftauchte: müde und erschlagen wie nach einem schweren Kampf, bei dem es nichts zu gewinnen, aber alles zu verlieren gab. Sie erholte sich zu meiner Erleichterung allerdings immer recht rasch. Spätestens wenn der Kamin uns wärmte, fand Vivina zu sich und ihrem leisen weisen Lächeln zurück. Wir rückten noch enger zusammen, in unseren Herzen und auf der Couch.

Dennoch schwand mit jedem Tag in jedem von uns die Kraft, den Sternen zu vertrauen. Vielleicht, weil sie selten zu sehen waren. Wenn ich mich recht erinnere, drückte Rick das so aus: die Großstadt hat uns alle in den Zähnen; man wagt kaum noch, sich nach irgendwas zu sehnen. – Glauben Sie jetzt bitte nicht, das wäre ihm selbst eingefallen. Diese Zeilen stammen von Monsieur Erich, einem – im Gegensatz zu Rick – treffsicheren Tastendrücker.

DAS BRENNENDE ZWEIGNEST

Mein Witterungsvermögen hatte zum Glück – trotz der leisen Trauer, die sich in unsere Seelen schlich –, noch nicht allzu sehr nachgelassen. Sonst wäre es Rick, Vivina und mir auf unangenehmste Weise eines Abends garantiert zu heiß geworden in der Winter genannten Zeit.

Ich erinnere mich daran, als ob er gestern gewesen wäre: alles begann ganz harmlos und harmonisch. Die beiden saßen im Fütterungszimmer am Tisch, ich davor, und wir ließen uns Nudels mit Soße samt ordentlichen Fleischportionen köstlichst schmecken. Das Fenster unseres Essraums war mit einer Lichterkette und vielen Sternen geschmückt; man sah kaum noch raus, aber draußen gab es ja auch nichts wirklich Sehenswertes zu erblicken.

Auf unserer türgroßen Tischplatte lag ein nach Wald riechendes, zusammen geflochtenes Zweignest mit vier etwas schief stehenden Kerzen, von denen allerdings nur drei brannten. – Sie ahnen es schon, stimmt's?! Weihnachten, dieses Fest mit der Geburt von dem bis heute berühmten kleinen Lärmer stand kurz bevor. Näheres dazu habe ich Ihnen ja früher schon mal erzählt, also schenke ich mir die Einzelheiten – zu Weihnachten bekommt schließlich jeder was geschenkt, hihi.

Vivina und Rick waren bester Stimmung und das nicht ohne Grund. Denn sie hatten beschlossen, schon bald mit mir in mein Heimatrevier zurück zu fahren. Leider nicht in unser Lieblingshaus mit dem vergessenen wilden Garten; sondern in das, von dem aus wir nach Berlin aufgebrochen waren. Ich spitzte meine Lauscher. Was sollte das bedeuten? Wechselten wir alle Drei das Revier und verließen unsere Berliner Behausung in Richtung Paradies – womöglich für immer? Wurde dieser Traum wirklich wahr? Von mir aus gern und sofort. Auch wenn damit traurig klar war, was das für Max bedeuten würde: er musste damit fertig werden, dass die erste große Liebe seines Rüdenlebens mit der Enttäuschung endete, verlassen zu werden. Aber jede Blüte verwelkt, und ein Meer ohne Ebbe gibt es eben nicht. – Mal ganz unter uns: auf Dauer wäre das mit Max und mir eh nicht gut gegangen. Weniger wegen meinem Gewicht, sondern mehr deshalb, weil man ihn und mich für eine Hundemutter-Madame mit einem zugelaufenen Jungspund-Sennen halten musste. Auf den ersten, den zweiten und selbst den dritten Blick. Das wäre für ihn irgendwann noch peinlicher geworden als für mich.

Mag sein, dass ein Abschied immer tragisch ist. Doch manchmal trägt die Erinnerung an eine kurze Wunder-Zeit unser Herz auf eine Sternenspur, die wir sonst nie entdeckt hätten.

So wird Max mich niemals vergessen und ich ihn auch nicht. Aber nur, weil unsere Wege sich trennten, als das gemeinsame Glück noch Vollmond feierte, und bevor es abnahm.

Sollten Sie nun leicht ins Grübeln kommen, ergeht es Ihnen wie mir in diesen Augenblicken nach der frohen Botschaft, dass wir Drei uns ins herbeigesehnte Revier am Meer aufmachen würden. Eine beklemmende Ahnung fiel über mich her. Der anstehende Aufbruch zurück in meine alte Heimat konnte nämlich auch bedeuten, dass Rick und Vivina mich loswerden, genau genommen aussetzen wollten. In bester Absicht natürlich – weil sie beide immer noch das Gefühl hatten, dass eine Berliner Behausung nicht das Richtige für mich wäre. Sollten sie dies planen, hatten sie nichts verstanden, gar nichts. So paradiesisch mein Heimatrevier mit dem Meer, den Kräutern und den Düften auch war, noch wichtiger war doch, dass wir Drei zusammen blieben; wegen unserer Freundschaft, deren wahre Bestimmung oder Bedeutung nur der Sternenhimmel kannte; und vielleicht mein dort oben auf mich wartender Zwillingsgefährte.

Ich musste meine besorgten Grübeleien beenden, denn plötzlich verließen Rick und Vivina den noch bestens bestückten Tisch, verzogen sich recht hastig in das Hauptzimmer mit dem Kamin und machten die Tür hinter sich zu. Aus irgendeinem Grund wollten sie mich nicht bei sich haben. Was sollte das denn?! Bislang galt – von mir akzeptiert – nur das Kojen-Gemach verständlicherweise ausnahmslos als Sperr-Revier. Doch wieso durfte ich jetzt auch nicht mehr in den angenehm warmen Kaminraum mit den bequemen Sesseln und der Couch vor dem Flacker-Feuer mitkommen? Dafür konnte es nur eine Erklärung geben: die beiden wollten sich unbelauscht über mich besprechen. Ein Affront, den ich kaum glauben konnte. In den wenigen gemeinsamen Stunden, die uns Drei wegen Vivinas tagtäglicher Tortour noch geblieben waren, sollten wir uns auch noch absichtlich trennen? So nicht Freunde, nicht mit mir; nicht nach all dem, was ich für euch getan hatte und noch tun würde. Nein, ein schlechtes Gewissen hatte ich wahrlich nicht, während meine Spitzlauscher an die Tür gepresst waren, um jedes Wort von Rick und Vivina mithören und prüfen zu können. Es ging schließlich um meine, genau genommen unsere Zukunft. Dachte ich. Heute kann ich sagen: Dank sei allen vollen Monden, dass ich mich in einen glücklich machenden Irrtum hinein gedacht hatte. Mein Freund Rick und meine Gefährtin Vivina waren nämlich nur aus einem einzigen Grund und einer generös nachvollziehbaren Laune ohne mich in dem Kaminzimmer verschwunden:

die beiden wollten vor den feurigen Flammen ungestört Lachen und Balgen. Na dafür hatte ich doch – nicht nur wegen meiner rassigen Romanze mit Max – vollstes Verständnis. Und verzog mich auf meine mit Kissen und Decken ausgepolsterte Liegestätte in dem Futterzimmer. Vorher schnappte ich mir natürlich noch das größte auf dem Tisch neben dem Zweignest liegende Fleischstück. Fette Beute macht einfach Laune. Und während Rick und Vivina – zumindest den Lauten nach – ihren wonnigen Spaß miteinander hatten, kam mein Gaumen zu einem genial gewürzten Genuss. Leckereien vertilgen – besser gesagt Stück um Stück verspeisen – kann einem Glück gleich kommen, das bei gemeinsamem Balgen nicht immer garantiert ist.

Ein zufriedener Magen lässt einen auf einer warmen und weichen Couch herrlich träumen. Und gesund sein soll so ein Nickerchen nach ausgiebiger Tisch-Mahlzeit obendrein. Mit geschlossenen Augen sah ich mich mit meinem hoch droben in einer anderen Welt weilenden Zwillingsgefährten durch unsere altvertrauten Kräuterwiesen pirschen, von denen aus man das Meer nicht nur wittern, sondern sehen konnte. Wirklich schade, dass es dieses duftende Paradies für ihn und mich zusammen nur noch in der Erinnerung gab. Doch in meinen Gedanken konnte ich es erschnuppern. Er in seinen hoffentlich auch.

Zunächst fast unmerklich, dann aber immer aufdringlicher, stieg ein beißend stechender Geruch in meine ergraute Nase; und beendete – ständig übler riechend - mein Traum-Abenteuer aus längst vergangenen Zeiten. Ich linste durch meine noch verträumten Lider und mein Blick fiel auf ein kleines Lagerfeuer – mitten auf dem Tisch! Das Kerzen-Zweignest loderte lichterloh und seine Flammen hatten die dünne Decke auf dem Tisch bereits zum rauchenden Feuerteppich gemacht. Bei aller Leidenschaft, die Rick und lebendiges Feuer selbst an den unmöglichsten Orten verband – erinnert sei nur an sein Fackelherz für Vivina im heran flutenden Meer* – diese würgend stinkenden Tischflammen waren niemals von ihm gewollt. Sondern verdammt gefährlich. Denn sie züngelten sich in Richtung der von meiner Gefährtin liebevoll zusammen gerafften Stoffbahnen an den Fensterseiten. Und feuerfest waren die bestimmt nicht. Mitten im frostigen Winter von flammender Hitze wie bei einem Waldbrand im Sommer umzingelt zu werden – das konnte einfach nicht das Ende sein. Ich musste runter von meiner Couch und etwas unternehmen – und das rasch. Sonst würde jede, selbst meine Hilfe, zu spät kommen.

Also sprang ich wie ein Alarm schlagender Wachhund von meiner Liegestätte und begann mit den Vorderpfoten an der Tür zum Kaminzimmer, in dem sich Rick und Vivina nichts ahnend vergnügten, zu kratzen. Mein Freund rief mir zu, dass ich damit aufhören und auf meiner Couch bleiben solle. Also bei allem Respekt zu mon ami – aber wenn der Fütterungs-Raum abzubrennen droht, trolle ich mich bestimmt nicht tatenlos auf meine verqualmte Liegestätte. Offenbar konnte Rick die drohende Gefahr noch nicht riechen und rüffelte mich, weil er glaubte, ich wollte seine balzende Balgerei mit Vivina vor dem Kamin unterbrechen. Was hatte ich denn für eine Wahl? Keine. In wenigen Augenblicken konnte unsere gesamte Behausung ein einziges Kaminfeuer sein, wenn mein Freund und meine Gefährtin nichts gegen die Flammen, die bereits den gesamten Tisch erfasst hatten, unternahmen. Mir blieb nichts anderes übrig, als Rick mit hartnäckigen Wuffs aus dem Haupt-Zimmer heraus zu bellen. Endlich öffnete er die Tür – so spärlich bekleidet, als wolle er schwimmen gehen – und erkannte mit einem bleichen Blick die sich anbahnende Katastrophe.

Seit diesem Tag weiß ich, dass Rick nicht nur ein etwas verrückter Feuer-Anfacher, sondern auch ein wahnsinniger Feuer-Löscher ist. Mein Freund griff in Windeseile nach dem über einem Stuhl hängenden Pullover von sich, warf ihn wie einen Rettungsring aus Stoff auf das lichterloh brennende Kerzen-Zweignest und griff mit seinen bloßen Händen nach den kokelnden Ecken der verbrannten Tischdecke. Er faltete sie wie eine Plane hastig zusammen, schlug die Seiten des lodernden Tuchs über seinem qualmenden Pullover, packte den ätzend stinkenden Ballen wie einen gebündelten Sack, riss die Tür zu dem Verjüngungs-Zimmer auf und tauchte die zwischen seinen Fingern dampfende Feuer-Schlacke unter das Wasser in dem robbenförmigen Porzellan-Bottich. Rick hatte mal wieder den Stöpsel nach seinem Bad nicht gezogen. Für Vivina eine Zumutung, doch letztlich für uns alle die Rettung. Es zischte und qualmte, als pisele man ein Lagerfeuer aus. Dazu – pardon – roch es auch so ähnlich. Aber wen kümmert ein abstoßender Geruch, wenn damit gleichzeitig eine brennende Gefahr besiegt ist. Unser Fütterungs-Zimmer, unsere Behausung und wir waren gerettet. Genau genommen – bei aller Bescheidenheit – wegen mir und meiner auch im etwas fortgeschrittenen Alter noch sehr brauchbaren Schnauze. Ja, und ohne jetzt übertreiben zu wollen: nach dieser wahrhaft heißen Stunde war ich für meinen Freund und meine Gefährtin die mutige Königin ihrer Herzen.

Sie knuddelten mich wie einen Bernadiner, der mit seinem Rum-Fässchen um den Hals bei einem verschütteten Fütterer ankommt und ihn damit an die frische Luft und ins Leben zurück lockt. Sie müssen wissen: nüchtern können Fütterer ohne ein schmackhaftes Nuckelwasser manchmal keinen Ausweg mehr finden.

Zurück zu Rick, Vivina und mir. Das Beste an dem gerade noch verhinderten Feuer-Garaus unserer Behausung war für mich, dass ich ab sofort und für immer in das Kaminzimmer mitkommen durfte. Niemals mehr lag ich draußen vor der Tür. So gesehen hatte selbst diese unangenehme Feuer-Katastrophe ihr Gutes. Trotzdem liegt mir viel daran, ihnen eine Nachahmung in Form eines brennenden Kerzen-Zweignestes nicht zu empfehlen. Dieses flammende Abenteuer hätte nämlich, im Nachhinein betrachtet, auch kohlrabenschwarz ausgehen können.

Aber blicken wir nach vorne: unsere Rückkehr ans Meer und in die Nähe meines alten Heimatreviers rückte näher und näher. Doch allzu viele Zauberkisten packten mein Freund und meine Gefährtin seltsamerweise nicht zusammen. - Sie erinnern sich an diese Koffer, in die viel mehr rein geht, als eigentlich hinein gehen kann; und danach wundersamerweise manchmal noch mehr raus kommt, als rein kam. Das eher bescheidene Gepäck machte mir leider klar, das ich Rick und Vivina richtig verstanden hatte: sie planten, gerade mal eine halbe Mondphase in unserer Paradies-Gegend zu bleiben. Um dann schon wieder hierher nach Berlin zurück zu kommen. Vivina nannte diesen anstehenden Kurz-Aufenthalt in unsere Lieblingsgegend „Urlaub". Gemeint sind damit die Tage und Nächte, in denen man den Arbeitsort verlassen darf, um zu tun, was man will; möglichst in der Sonne.

Meine Skepsis, dass ein halber Mond lang viel zu wenig war, um ein Miteinander bei den Kräutern und den Wellen wirklich zu genießen, behielt ich für mich. Mir war nur wichtig, dass wir gemeinsam hin und auch alle zusammen wieder zurück fahren würden. Und das war unstrittig, wie mein Freund und meine Gefährtin mir versicherten. Rick und Vivina hatten sich also endlich verabschiedet von der Frage, ob ich mit ihnen in der Berliner Behausung leben und mich wohlfühlen konnte. Wahrscheinlich hatte Max maßgeblichen Anteil an dieser späten Einsicht. Dem Rüden-Charmeur sei hiermit noch einmal Danke gesagt. Für alles, was er so mit mir trieb. Vom Ballspielen mal abgesehen.

Von der Fahrt in mein Heimatrevier habe ich – mit voller Absicht – nicht viel mitbekommen. Außer dass meine Rückbank großzügiger ausgelegt war in dem neuen, allerdings schon gebrauchten Gefährt, dass Rick gegen den Flocki eingetauscht hatte. Wahrscheinlich um den Weg besser peilen zu können, prangte an diesem meeresblauen Wagen ganz vorne ein silberner Stern. War mir eigentlich schnuppe, Hauptsache, dieses geräumige Fahrtzimmer auf Rädern fuhr ein wenig schneller als unser doch sehr gemächlicher Flocki. Denn damit würde der anstehende Pistenwahnsinn womöglich etwas erträglicher – weil kürzer – werden. Wurde er aber nicht. Denn der Himmel über Berlin, und weit darüber hinaus, zeigte uns seine graue Seite. – Ich sage Ihnen: In Wolken können verdammt viele Regentropfen stecken. Wenn die wie Wasserfälle miteinander runter platschen, dann verwandeln sich Reifen-Pisten in tückische Flüsse. Befahrbar sind diese für ungeübte Fütterer am Steuer kaum. Da wird eher darauf herum geschliddert, statt Strecke gemacht. Ganz ehrlich – mit einem Boot wären wir wahrscheinlich schneller gewesen. Trotz Ricks mutigem und übermütigem Fahrstil. Wenn es so schifft, braucht man einfach ein Schiff.

Um jetzt nicht als Lamentierer dazustehen: bequemer, länger und breiter war mein Fahrplatz auf dem dick gepolsterten Rücksitz unseres Sternen-Gefährtes schon – im Vergleich zur Hinterbank des früheren Flockis. Und einen gewissen Reise-Komfort weiß man in meinem Alter durchaus zu schätzen. So verbrachte ich die meiste Zeit unserer schlingernden Raserei in die Vergangenheit auf meiner mit einer Decke warm gehaltenen Liegebank-Stätte; dösend, schlafend oder träumend. Beruhigend war, dass keine Pfotenlänge vom mir entfernt eine kühle Futterbox stand, aus der es nach meinem Lieblingsschinken duftete. Hungern würden wir also nicht müssen, und das war ja schon was, wenn man willentlich einen Alptraum wie diese Schlitter-Fahrt auf sich nahm. Festhalten konnte ich mich auch: an einem knuffligen, schwarz-weiß gefellten Koala-Bärchen, das Vivina mir vorab zum Fest des heiligen Lärmers geschenkt hatte. Mein erstes Weihnachtsgeschenk; eins, das mich bis zuletzt begleiten sollte.

Noch heute erinnere ich mich daran, wie meine Gefährtin mir das Bärchen in die Pfoten drückte und dabei zuflüsterte: wer einen solchen Teddy – so nannte Vivina meinen kleinen Stoff-Gefährten – umarmen kann, ist nie ganz allein. Stimmt übrigens.

Ohne jetzt etwas Wichtiges auslassen zu wollen, kann ich Ihnen nur sagen, dass dieser von Beginn an zu kurz geplante Aufenthalt in meiner alten Heimat am Meer keine wirkliche Herzensfreude war. Wie auch. Bereits als wir – nach Sintflut-Stunden auf diesen Raser-Pisten – endlich ankamen, wurden schon insgeheim die Tage bis zur Abreise gezählt. Das ist in etwas so, als ob man sich übersatt fühlt, obwohl noch nicht ein Bissen in den Magen gewandert ist – oder zumindest so ähnlich.

Um Rick und Vivina in meinen Erinnerungen nicht im Regen stehen zu lassen, muss ich anmerken und zugeben, dass sie sich trotz des grau bedeckten Himmels bemüht haben, die alten Zeiten so gut als möglich aufleben zu lassen. Aber Ricks Lachen war nicht mehr dasselbe. Aus irgendeinem Grund, der mir verborgen blieb, war sein Herz schwerer geworden; und nur noch wenig fiel ihm so leicht wie früher – bis auf die Nuckelei. Auch Vivinas leises weises Lächeln hielt sich – bis auf ganz rare Kerzenlicht-Momente – meist in ihr versteckt.

Der unerklärliche Zauber, der uns Drei hier in meiner Heimat immer miteinander verbunden hatte, war zumindest tagsüber verflogen – nur wohin? Die Antwort darauf wusste – wenn überhaupt – vielleicht dieser verrückt machende Wind, der in Mistral-Manier über Nächte hinweg um unsere Ohren flog; und alles mitnahm, was ihm in seine unsichtbaren, fauchenden Sturmfluten kam.

Wie wir später erfahren sollten, schickt jedes Unglück seine bösen Boten voraus. Gut möglich, dass diese wütende Wind-Böen zu ihnen gehörten. Doch andererseits brachte uns der Sturm auch die Sonne zurück, nachdem er endlich samt den Wolken abgezogen war. Und sonnige Strahlen heilen und helfen immer, egal wie schattig es einem vorher gegangen ist.

Kaum war der Himmel wieder klar geworden, hellte sich auch unsere Stimmung deutlich auf: wir fanden zurück zu den kleinen Sternstunden unseres Zusammen-Seins. Nudels mit Soße samt bestens gewürzter Fleisch-Beilage, also mein Lieblingsgericht, stand nun mindestens jeden zweiten Tag auf dem Tisch. Delikat abgeschmeckt wie Pasta paradiso. Und nach dem morgendlichen Schinken-Genuss fuhren wir stets ans Meer zum Strand.

Der Sand, die Gischt, die Wellen, all das erinnerte mich an früher; und doch war diese in der Luft liegende, einsam machende Traurigkeit auch davon nicht ganz zu vertreiben. Die Glückskerzen in unseren Gedankenwelten wurden rarer. Sie brannten nicht mehr; da war nur noch ein Glimmen zu spüren.

Eines Abends, als Rick den Kamin wie üblich etwas übertrieben anflammte, was den weiss gestrichenen Mauerabzug über der Feuerstelle allmählich ergrauen ließ, sprach Vivina endlich aus, was ihr Herz zusammen drückte: meine Gefährtin, die wie ich nie ein richtiges Zuhause hatte, wollte eigentlich nicht mehr zurück nach Berlin. Sie wollte am liebsten hier in meiner Heimat bleiben. Doch das ging nicht, weil wir sonst bei unserer gekühlten Futtertruhe mit der Füllung hätten knausern müssen, wie Rick sich sinngemäß ausdrückte. Na toll. Hatte ich als Hunde-Madame alles richtig verstanden, blieb Rick, Vivina und mir für den Rest unseres gemeinsamen Lebens also nur die Wahl zwischen Dosenfutter am Meer oder einer ordentlich bestückten Tischplatte in Berlin; wo die stets willkommenen Sonnenstrahlen eher seltener und schwächer strahlten. Außerdem gab es in der Stadt mit dem Bär keine Wellen oder Kräuterdüfte. Jedenfalls keine richtigen. Und irgendwann kann ein Wald ein Meer nicht mehr ersetzen. Trotz Max.

Sollte die Aussicht auf ein Leben weit weg vom Paradies in der Provence wirklich unsere gemeinsame Sternenfährte sein? Offenbar schon, denn Vivina wurde von Rick in den Arm genommen und davon überzeugt, dass mehrere Kurzaufenthalte hier in meinem Heimatrevier immer noch besser wären, als gar nicht am Meer zu sein. Jetzt hatte ich endlich verstanden, was ein sogenannter fauler Kompromiss ist: genau das. Mit Verlaub: beiden stank der Gedanke – oft Berlin, selten Provence – ganz gewaltig; das roch ich. Und doch glaubten sie, dass das Schicksal keine andere Zukunft zuließ. Damals. Später sollten sie wieder etwas mehr Vertrauen in den Lauf der Sterne fassen.

Natürlich hatte unser Kurzaufenthalt in meiner recht vertrauten Umgebung mit Strand, Gischt und Kräutern neben manchen ernüchternden Momenten auch lichte Augenblicke: nicht nur, als wegen der Weihnachten genannten Zeit die Lampen-Lianen im Haus, auf der Terrasse und zwischen den Garten-Büschen leuchteten; sondern vor allem bei Tisch. Nie zuvor habe ich hintereinander derart erlesene Leckereien verspeisen dürfen. En gros. Das tröstete mich und die beiden ein wenig hinweg über die Trauer wegen unserer baldigen Abreise – zurück nach Berlin.

Doch ganz bekamen wir die Gewitterwolken-Gedanken nicht aus unseren Köpfen. Und da wunderte es mich überhaupt nicht, dass es an dem Tag, besser gesagt in der Nacht, die

Silvester heißt, blitzte und donnerte, als wolle der Himmel zusammenbrechen und über uns einstürzen.

Wir waren zur Feier dieser nächtlichen Jahreswende, in der unzählige Fütterer wie auf ein geheimes Zeichen hin wahnsinnig werden und Leuchtraketen auf die Sterne ballern, bei Silvi und Claus; Freunde von Rick aus dem Revier, wo er seine Tage als kleiner Lärmer hinter sich gebracht hat. Übrigens habe ich bis heute nicht verstanden, wohin sich das Jahr in dieser Nacht wenden sollte. Wenn überhaupt, dann doch hoffentlich zum Guten hin. Was meiner Hunde-Madame Meinung nach nur bedeuten konnte, dass sich frühestens bei der nächsten Jahreswende wieder alles zurück zum Schlechten wenden würde. Auch nicht schön, aber immerhin blieben uns bis dahin ein Dutzend Vollmonde im Wendekreis des Glücks; dachte ich. Bedauerlicherweise war dies ein Irrtum fatale.

Denn leider ließ sich das Schicksal bei seinen Wendungen nicht allzu viel Zeit, sondern bescherte Rick, Vivina und mir recht rasch das Gefühl, in diesem Leben nur noch von grauen und grauenhaften Welten umgeben zu sein.

Das fing schon bei der irrwitzigen Rückfahrt von Silvi und Claus zu unserem Kurzaufenthalt-Haus an: der Wind wurde samt dem Regen verrückt. Es goss aus den schwarzen Wolken, als würde ein flutendes Meer aus dem Himmel auf die kleinen, kurvigen Straßenpisten fallen. Wir fuhren nicht, wir schwammen auf unseren Reifen. Doch unser neues Stern-Gefährt auf Rädern hielt seinen Kurs wie ein unbezwingbares Schiff auf hoher See.

Ein gnadenloses Gewitter war am schwarzen Horizont aufgezogen. Scharf gezackte Blitze schnitten sich wie brennende Klingen durch die nasse Nacht und donnerten als Feuerspeere zu Boden. Sie trafen und zerstörten alles: Bäume, Dächer, selbst die staksigen Riesenkreuze mit ihren straff gespannten Metallschnüren gingen reihenweise zu Boden.

Ich hielt mir hinten auf meiner Rückbank mit den Pfoten die Lauscher zu und drückte mich an meinen Kuschelteddy, den Koala. Vorne im Wagen gestand Vivina dem beängstigend schweigsamen Rick, dass sie wegen den prasselnden Regen-Wasserfällen die Straße eher nicht mehr erkennen konnte.

Rick klammerte sich an das Lenkrad und die Hoffnung, dass unser neustes Gefährt den Weg zurück fast alleine finden würde. Mon dieu! Glaubte mein Freund denn wirklich, er habe vorne an dem Wagen einen kleinen Stern, der auch als Kompass taugte? Tja, vielleicht war es so. Jedenfalls kamen wir – vorbei an fliegenden Ästen und ungetroffen von den

Feuerspeeren – mit heilem Fell an unserem standhaft gebliebenen Haus an. Nichts wie rein, Türe zu und Schotten dicht. Bitte glauben Sie mir, ich übertreibe nicht: wenn es in meinem Heimatrevier gewittert, dann graust es jeden. Aber solche zornig polternde Gezeiten sind – soweit ich mich erinnere – an den Zehen einer Pfote abzuzählen. Allen Monden dieser Welt sei Dank dafür. Denn schön ist anders. Wie beispielsweise der nächste Tag, als die wärmende Sonne die gruselige Nacht vergessen machte und das Meer so blau wie der Himmel strahlte. Unsere Herzen wurden – wenigstens für kurze Zeit – wieder wolkenlos und sorglos. Später sollte Rick ein solch himmlisches Glück als „Peter-Wetter" bezeichnen. Da ich nicht weiß, ob nachher noch Gelegenheit sein wird, Ihnen von diesem Peter zu berichten, mache ich es lieber gleich: er ist ein verrückter Fütterer aus dem Land des Käses und der Camper-Gefährte. In Peters Heimatrevier muss es diese kleinen Behausungen auf Rädern massenweise geben, denn wenn ich sie gesehen habe, dann eigentlich nur im Rudel. Und der dumpfe Duft von Käse aus Peters Land lag fast immer in jeder gekühlten Futter-Truhe. Wichtiger aber ist, dass Rick und Peter am Strand des öfteren beim Nuckeln vom gleichen Rausch befallen wurden: die beiden redeten sich ein, dass solche strahlende Stunden ein Geschenk des Schicksals insbesondere an sie beide waren; eine gute Laune der Natur, die es zu begießen galt: wolkenlos, sorglos, maßlos.

Und genau so genoss Rick mit Vivina und mir das Peter-Wetter nach der gestrigen, von allen guten Geistern verlassenen Silvester-Nacht. Wir fuhren zusammen ans Meer, tollten am Strand herum, kugelten uns über kleine Dünen und ließen nur bestes Fleisch – en masse – auf unseren Restaurant-Tisch kommen. Wir feierten einfach alles, was wir liebten.

Ja und dann kam leider auch schon bald der Abreise-Tag. Partir, c'est toujours en peu mourir – jeder Abschied ist ein kleiner Tod. Also mach ich es kurz: die Zauberkisten wurden gepackt, die letzten Flaschen von Rick geleert, meine Rückbank ausgepolstert und ab ging's auf die rasende Pisten-Tour zurück nach Berlin.

War die Fahrt an sich schon erneut der reinste Wahnwitz, der nur mit Galgenhumor ertragen werden konnte, sollte Rick und Vivina jedes Lächeln in unserer Berliner Behausung vollends vergehen. Mir natürlich auch.

AUF DER FLUCHT

Denn bereits früh am nächsten Morgen beim Sonnenaufgang, als wir alle Drei nach der fellsträubenden Fahrt noch schliefen, brach von oben über sämtlichen Zimmerdecken ein Erdbeben los. Es rummste und krachte wie in einem Gebirge, das in sich zusammen fällt. Ich verließ, so rasch es mir mit meinen müden Pfoten möglich war, meine Couch und verkroch mich unter die Tischplatte im Fütterungs-Raum. – Du sollst Deckung suchen – war das einzige Gebot, das nun galt und hoffentlich half.

Rick fluchte und brüllte wie ein Rudelführer, der einen unsichtbaren aber unüberhörbaren Feind zu vertreiben versucht. Mehrmals. Vergeblich. Vivina versuchte ihn zu beruhigen und schlug vor, dass er doch mal nachwittern gehen solle, was für ein dröhnendes Drama sich über uns zusammen gebraut hatte. Da konnte ich meiner Gefährtin nur zustimmen: besser man weiß, welches Unglück auf einen niederbrechen wird, weil man sonst noch übler überrascht wird.

Während mein Freund mit bellender Stimme nach oben eilte, sank Vivina kreidebleich auf meine Couch. Sie rückte meinen Koala zurecht und rief mich – aus meiner Deckung unter dem Tisch – zu sich. In der Wärme des anderen Schutz suchend, kauerten wir aneinander gedrückt auf meiner Schlafstätte. Vivina tat so, als wäre sie ganz sicher, dass Rick das Erdbeben in Kürze aufhalten würde. Doch wahrhaft überzeugt klang ihre Stimme dabei nicht. Eher besorgt zweifelnd. Zurecht, denn als mein Freund wieder zu uns nach unten kam, sah er aus wie ein geprügelter Hund, der angesichts einer bisswütigen Übermacht gerade noch den Rückzug geschafft hatte. Zu fliehen war eigentlich nicht seine Art; und wenn, dann trat er allenfalls die Flucht nach vorn an – aber niemals geschlagen zurück. Nicht mein Rick. Dieses Mal war es anders.

Nach ein paar kräftigen Nuckelzügen an seiner Lieblings-flasche gestand uns mein Freund, dass wir – um es höflich auszudrücken – in der Kacke saßen, und das nicht zu knapp: um einige Monde länger als unser Kurzaufenthalt in meinem Heimatrevier gedauert hatte, würde das Erdbeben über uns weiter gehen. Umbau nannte Rick den krachenden Krawall, der die Wände in allen Zimmern erzittern und sogar Bilder-rahmen runter fallen ließ. Wären wir nur am Meer geblieben – da wäre es sicherer für uns gewesen!

Mein fast wunschlos glückliches Wiedersehen mit Max möchte ich eigentlich nicht übergehen – doch geprägt waren die nächsten Tage für Rick, Vivina und mich vor allem von tosenden Geröll-Lawinen über unseren Köpfen. Nicht immer und ständig, jedoch stets zu oft und zu lang. Meistens war erst kurz nach Sonnenuntergang Ruhe; aber wirklich friedlich roch die staubige Luft dann auch nicht. Eher feindlich. Ohne meine Pfote nun dafür in die Glut halten zu wollen, glaube ich bis heute, dass mein Freund und meine Gefährtin sich recht rasch einig waren, unter diesen Unglücks-Umständen unsere Behausung zu wechseln. Höhere Gewalt bedeutet eben auch, dass es schicksalhaft von oben kracht und scheppert. Und gegen diese Mächte ist man machtlos.

Rick und Vivinas Entscheidung, dass wir von dem Berliner Revier, wo sie mich hingebracht hatten, weggehen mussten, fiel natürlich vor dem flackernden Kaminfeuer. In meinem Beisein. Denn seit dem durch mich gerade noch verhinderten Behausungs-Brand – wegen diesem brennenden Zweignest – standen mir alle Türen, auch die zu dem inselbreiten Schlaflager, offen. Nur aus dem Verjüngungszimmer musste ich draußen bleiben. Trotzdem: freier Pfotengang fast überall hin, das war doch schon immerhin was. Jede Heldentat wird eben irgendwann irgendwie belohnt.
– Und jetzt mal kurz ganz unter uns: das Kojenzimmer von meiner Gefährtin und meinem Freund habe ich – trotz der offenen Tür – nie betreten. Da rein zu gehen verbot ich mir selbst. Diskretion ist schließlich auch eine Frage des Benimms, oder non?
Zurück zu dem sehr leisen und trotzdem traurig und trotzig zugleich klingenden Gespräch von Rick und Vivina über unsere unausweichliche Flucht in eine neue Behausung. Mein Freund – bereits ziemlich benuckelt – hielt stur daran fest, dass wir hier in Berlin eine Art Ferienhaus finden müssten, mit viel Grün und frei stehend, ohne angrenzende Mauern. Mich hätte in diesem Moment nicht gewundert, wenn er dazu auch noch ein bis zur Tür reichendes Meer gefordert hätte. Rick war bereits jenseits jeder Berliner Realität.
Vivina versuchte, sich ihr sorgenvolles Kopfschütteln nicht anmerken zu lassen; und fand – ohne Rick direkt zu widersprechen – die richtigen Worte, um ihn wieder ansatzweise nüchtern denken zu lassen: wichtig war doch vor allem, dass wir Drei in unserer neuen Behausung so viel Natur als möglich um uns hatten. Ob in der näheren Umgebung oder direkt vor der Tür, da war eigentlich drauf gepupst. Pardon.

Aber genau so drückte sich meine Gefährtin aus; zumindest so ähnlich. Ich hätte den beiden am liebsten zugebellt, dass wir doch auch nach einer Dauerbehausung in meinem Heimatrevier am Meer suchen könnten. Wenn man schon flüchten muss, warum dann nicht gleich in die richtige Richtung? Zur Sonne, in die Wärme mit Kräuterduft und einem endlosen Strand, so lang und breit wie der Himmel. Irgendwie mussten die dort lebenden Fütterer doch auch überleben – und das nicht nur mit Büchsenkost. Meine Provence galt schließlich als Schlemmerland. Zumindest früher mal. Pizza, Pasta und Pommes samt lauwarmen Muscheln haben diese Reputation-Tradition mittlerweile inzwischen wohl etwas aufgeweicht. Sei's drum. Das Meer ist immer noch dasselbe. Und der Kräuterduft auch. Und die Sonne sowieso. Heute bereue ich meine damalige höfliche Zurückhaltung bei dem Kamin-Gespräch ein wenig. Uns wäre vielleicht manch dunkle Schicksals-Wolke und düstere Stunde erspart worden.

Die nächsten Tage und Wochen waren bestimmt von einer eigentümlichen Stimmung zwischen Rick, Vivina und mir. Alles was wir taten hatte diesen Hauch von einem schattigen Abschied, der die Augen müde und die Knochen schwer macht. Das sonnige Lächeln in den Herzen war uns gänzlich vergangen. Und bald würde auch meine Romanze mit Max nur noch eine Pfoten-Geschichte sein, deren Spur niemand mehr wittern konnte, weil sie vom Wind des Vergessens verweht wurde. Nur mir und ihm konnte die Spuren im Sand und in den Herzen keiner nehmen - wann immer wir bereit waren, uns im Traum in die Erinnerung zurück zu schnuppern. Denn für Max war ich sein erstes Madame-Wunder und er für mich mein letztes Rüden-Abenteuer. Doch doch, es gibt Wahrheiten, an denen man sich nicht vorbei pirschen kann. Und eine davon ist: Rumbalgereien mit vollem Körpereinsatz, so richtig Fell an Fell und noch näher, waren meine Sache nicht mehr. Jede letzte große Liebe neigt sich irgendwann dem Finale aus Tränen zu. Aber ganz ehrlich zugegeben: ich verneige mich vor dem Schicksal, dass es mich in meinem ergrauten Alter ein letztes Mal mit diesen wonnigen Gefühlen beschenkt hat. Eine solche Amour à la classe war ja wohl wirklich nicht mehr zu erwarten oder zu erträumen gewesen. Und bis heute schmeichelt es mir, dass dieser sennige Hunde-Adonis Max derart auf mich abpfotete; hihi. – Aber ich schweife ab, was nichts mit Max Schweif zu tun hat.

Wie schon erwähnt, wurde das tagtägliche Miteinander von Rick, Vivina und mir überschattet von den Steinschlag-Ausbrüchen über unseren Köpfen und der Melancholie in unseren Seelen. Dennoch war ich mir sicher: Die Freundschaft von uns Drei würde natürlich auch den unausweichlichen Wechsel in eine neue Behausung überstehen. Als Sternen-Geschwister hatten wir doch schon ganz Anderes überstanden. Erinnert sei da nur an Ricks tödliche Verzweiflung, aus der ihn nur die Herzensbrücke von mir und Vivina wieder heraus führen konnte; damals, in seinem fast ausgehauchten letzten Leben. Und außerdem waren wir Drei in meinem Heimat-revier auch schon von Haus zu Haus geflüchtet. – Gezwungenermaßen. Irgendwie seltsam, dass manche Pfotenwege sich einfach nie ändern, sonders stets wiederholen – ob man will oder nicht. Und da stellt sich einem doch die Frage in den Weg: pourquoi, warum eigentlich? Meiner Meinung nach deshalb, weil die von einem selbst eingeschlagene Lebens-Fährte nicht ganz der Spur folgt, die im Herzen von dem großen Geheimnis in den Sternen vorgesehen und vorbestimmt ist. Und so promeniert man auf immer gleichen Pfaden in einem inneren Revier, das zwar vertraut aber gleichzeitig auch ein wenig mutlos begrenzt ist.

Also wuffte ich mir ein, dass wir Drei uns dieses Mal auf die Suche machen mussten nach einem das Herz wärmenden Zuhause; einem Heim, das wir im Grunde – jeder für sich und alle zusammen - noch nie hatten. Oder wenn, dann nur kurz; viel zu kurz. Irgendwann musste doch mal Ruhe sein. Vielleicht würden wir diese in der neuen Behausung endlich finden – und zwar für immer. Zugegeben ein sehr sonnig angespähter Weitblick. Doch wer keine Träume mehr hat, an die er glaubt, hat sich entweder verirrt oder schon ganz verloren. Wir waren dabei, uns zu finden. An diese Illusion klammerte ich mich wie an meinen Koala.

So, und nun raten Sie mal, was das größte Problem bei dem Wechsel in ein neues, möglichst grünes Heimat-Revier in Berlin war. Ich!!! Das durfte eigentlich einfach nicht wahr sein – war es aber doch. Denn in dieser Stadt ziehen die Fütterer so oft um, wie ein Chamäleon seine Farbe gegen eine andere tauscht. Und bei diesen Umzügen sind wir vierbeinigen Bell-Gefährten nur im Weg. Wissen Sie weshalb? Weil zwischen den Mauerschluchten und klotzigen Monstern aus Glas und Stein so gut wie kein Platz mehr für unsere Pfoten da ist.

Erschwerend kommt hinzu, dass manche Artgenossen von mir in diesem Berlin irre wurden; und wie tollwütige Tiere auskeilten gegen jeden, der sich in ihrer Nähe bewegte. Nicht einmal ihre eigenen Fütterer blieben davon verschont. Ich weiß das, weil mir kein Gespräch zwischen Rick und Vivina an den Lauschern vorbei ging. Selbst wenn ich mich – einen tiefen Schlaf vortäuschend – auf meine Couch verkrümelt hatte; natürlich mit meinem Koala in den Pfoten. Wer auch immer diesen anschmiegsam tröstenden Teddy erzaubert hat, dem gebührt ein sternenstrahlender Schnäuzler.

Von allen guten Sternen und jedwedem Strahlen verlassen waren mein Freund und meine Gefährtin. Sie verzweifelten mehr und mehr an dem Versuch, mit einer Hunde-Madame wie mir eine neue Behausung in der Nähe von einem grünen Revier zu finden. Niemand wollte mich zusammen mit Rick und Vivina unter einem Dach und im selben Garten haben. Die Aussicht auf ein dringend notwendiges Anderswo-Zuhause, um dem täglich lauter werdenden Beben in unseren vier Wänden zu entkommen, schwand mit jedem Sonnenuntergang mehr.

Als ich schon nicht mehr daran glauben konnte, geschah endlich das für unmöglich gehaltene Wunder: Rick – und nur er weiß wie – fand die Fährte zu einer Fütterin, die ein ganzes Haus samt einem üppigen Garten und Rasen ringsherum übrig hatte. Sie wollte, dass mein Freund vorbei kommen sollte, um in die frei stehende Behausung hinein zu schnuppern. Allerdings bekam er dieses Angebot nur, weil er mich verleugnete und der Fütterin vorlog, keinen Vierbeiner an seiner Seite zu haben. Wie bitte?! Erst glaubte ich, mich verhört zu haben. Doch Rick blieb dabei: er und Vivina hätten keine Hundemadame oder Rüden. Sie beide hätten so schon genug zu tun.

Mir verschlug es jeden Wuff: Rick, mein Freund, dem ich vertraute wie meinem Zwillingsgefährten im Himmel, verleugnete mich, ohne mit der Wimper zu zucken. Das zog bei mir eine bis heute unvergessene Schockstarre nach sich. Regungslos baff stand ich da wie der Berliner Bär, der neben der Raserpiste als in Stein gegossener Geist grüßt.

Im Nachhinein habe ich Rick seinen mich wirklich tief verletzenden Ausrutscher verziehen; doch in dem Augenblick damals, da blieb mir das Hecheln weg. Wie konnte Rick unsere Freundschaft unerwähnt lassen?! Von einem Lecker-Happen zum anderen war für mich klar: so nicht, mon ami.

Ich würde auf der Lauer liegen und beim ersten Anschnuppern dieses Berliner Reviers im Grünen dabei sein. Das schwor ich ihm und mir bei Nudels mit Soße. Vivina spürte, wie sehr es mich verletzt hatte, dass ich von meinem Freund tot geschwiegen wurde. Doch sie war charmant-listig genug, ihm dies nicht direkt unter die Schnauze zu reiben. Meine Gefährtin hatte Stil: ganz so, als bespreche man mal eben en passant den Speisekammer-Proviant für die nächsten Tage, wollte Vivina von Rick wissen, welche Finte er sich ausgedacht hatte, um mich – die bislang Verleugnete – in dieses verlockend anmutende Haus mitzubringen. Noch heute sträuben sich mir meine Nackenhaare bei der Erinnerung an die Antwort meines Freunds: er wollte vortäuschen, dass ich die Hunde-Madame eines anderen Fütterers wäre; und nur vorübergehend in die neuen Behausung mit dem Garten umsiedeln würde. Weil der andere Fütterer ausgerechnet jetzt gerade im Kurzaufenthalt woanders, also im Urlaub sei.

Bei allem Respekt – Rick waren schon bessere Märchen-Geschichten eingefallen. Doch bereits gut benuckelt, begann er sich, Vivina und mir einzureden, dass die Besitzer-Fütterin des Hauses mich bestimmt für immer auf Dauer dulden würde, sobald sie meinen guten Benimm kennen gelernt hatte. Oh Wuff – im sich etwas Einreden war Rick wirklich gut. Aber das nutzte mir rein gar nichts – weil ich das ebenso mögliche dramatische Desaster witterte. Was sollte geschehen, wenn die Besitzer-Fütterin dieser im Grünen gelegenen Behausung kein Herz für Hunde-Madames wie mich hatte?! Und auszuschließen war das ja nicht – schließlich war mein Heimat-Revier nicht das ihre. Somit galt ich für sie naturellement als eine Fremde aus der Provence.

Mit meinem Koala in den Pfoten klammerte ich mich an die Hoffnung, dass Gefühle keine Grenzen kennen. Und Herzen überall im gleichen Takt miteinander schlagen können. Diese Berlinerin mit dem grünen Revier-Haus musste mich einfach mögen. Denn da Vivina um den schlechten Ruf vieler meiner Artgenossen in der Bärenstadt wusste, fiel ihr leider eine bessere Lösung als die Notlüge von Rick weder in den Schoß, noch ein. Und so wurde die Nuckel-Idee meines Freunds zur wichtigsten Wegkreuzung für mein Schicksal. Diese Fügung der Sterne konnte man nicht unbedingt eine Sternstunde nennen. Schon mein Zwillingsgefährte im Himmel hatte mir gesagt: wer die Zukunft auf eine – wenn auch aus der Not geborene – Schwindelei aufbaut, der scheitert. Und Scheitern war das letzte, was ich gebrauchen konnte.

Sollte die Freundschaft von uns Drei an einer für Vierbeiner verbotenen Berliner Behausung zerbrechen wie ein morscher Knochen, dann hätte ich auch weiter in meinem Heimatrevier bleiben können. Alles wäre einsam wie früher, aber immerhin wenigstens vertraut gewesen: die Kurzaufenthalte von Rick und Vivina, unser gemeinsames Genießen der Provence mit ihrem Paradies aus duftender Luft, und natürlich auch das bange Warten, nach wie vielen Mondbahnen wir uns wiedersehen. Im Rückwärtstrab zurück in die Vergangenheit – sollte das meine Zukunft sein? Wahrlich nicht schön, aber immer noch besser, als hier in Berlin von den beiden getrennt zu werden. Wie sollte ich an Nudels mit Soße kommen? Wo sollte ich denn bitteschön hin?! Vergessene wilde Gärten gab es in dieser Bärenstadt nicht. Zumindest keine mit freundlichen Fütterern für eine einsam dahertrabende provencalische Hunde-Madame wie mich. Fremde sind nirgends willkommen; Dachte ich, und muss zugeben: das war ein Irrtum der angenehmen Art, wie sich später, nach ein oder zwei vollen Monden heraus stellen sollte.

- Ohne Ihnen jetzt schmeicheln zu wollen, ahnen Sie insgeheim sicher schon: bei der Entscheidung, in welche Richtung es mit mir, meinem Freund und meiner Gefährtin weiter gehen sollte, half ich ein wenig nach; ein wenig sehr, um ehrlich zu sein. Ohne gebeuteltes Gewissen. Schließlich war es Rick, der mit seinem benuckelten Plan, mich als Gast statt als Gefährtin einzuführen unsere Freundschaft auf's Spiel gesetzt hatte. Und so was macht man nicht. Als Freunde geht man neue Wege gemeinsam, oder gar nicht. Wir beide gingen den zu unserem neuen Zuhause zusammen, ohne dass Rick dies anfangs auch nur hauchdünn erschnupperte. Er war vom Gelingen seiner Schwindelei überzeugt. Und als die Wahrheit in Gestalt von mir dann dicke galant auftauchte, hatte mein Freund keine Wahl mehr. Dafür sorgte ich schon. Aber der Reihe nach:
Rick machte es mir ungewollt leicht, zweifelsfrei mitzubekommen, wann er unsere neue Behausung im Grünen anpirschen wollte. Denn als sich Vivina – sorgenfaltig wie so oft – morgens aufgemacht hatte an den Ort der Arbeit heißt, tauchte er mittags in unserem Erdbeben-Bau mit einem sonnig duftenden Blumenstrauß auf. Madame Madame, der war fast so groß wie ein kleiner Busch. Schon bald danach wurde mir endlich klar, was Vivina damit gemeint hatte, wenn sie ab und an davon sprach, dass etwas im Busche ist.

Es bedeutet schlicht und einfach, dass man eine in den Sternen stehende Pfadkreuzung – als wäre sie ein Blumenstrauß – riechen kann; wie einen Braten oder Nudels mit Soße.

Zurück zu Rick und dem, was ich Ihnen eigentlich berichten möchte und muss: er lagerte das Bouquet aus Blüten nicht wie sonst in einem kleinen, aufrecht stehenden Gefäß-Teich, sondern auf unserer hölzernen Tischplatte. Eine lange Lebensdauer für lächelnde Pflanzen sieht eher anders aus – meine jedenfalls ich; aber gut. Nach dem lieblosen Ablegen des buschigen Blumenstraußes verschwand mein Freund, viel länger als üblich, in dem Verjüngungs-Zimmer. Und kam – als ich mir schon Sorgen zu machen begann – entgegen seiner sonstigen husch-husch Gepflogenheiten fesch wie der stets gepflegte Max heraus: gestriegelt geleckt, mit strahlendem Gletscher-Gebiss. Allerdings auch etwas aufdringlich duftend und sichtlich nervös. Es brauchte keinen Hinweis des Himmels, um zweifelsfrei zu wissen, was die Schicksals-Stunde geschlagen hatte. Rick wollte zu der Fütterin, um ihre freie, grüne Behausung zu ergattern. Aber nicht ohne mich; jamais. Meinen durchaus nicht mehr ganz schlanken Körper zwischen seine Beine drängelnd, machte ich ihm klar, mitkommen zu wollen. Diesen Wunsch konnte er mir nicht abschlagen; zumal mein Freund davon ausging, dass ich – nach der Fahrt in unserem Gefährt mit dem Stern – auf meiner Rückbank liegen bleiben und wie üblich auf ihn warten würde. Natürlich bei fürsorglich halb herunter gelassenen Fenstern, damit mein Fell nicht zum Heizdecken-Pelz wurde. Genau das war Ricks entscheidender Fehler, auf den ich insgeheim gehofft hatte. Kleine Wunder brauchen nicht viel Platz. Eine bescheidene Scheiben-Öffnung reicht. Mein Freund sollte sich wundern wie selten zuvor in seinem Leben.

Wir hielten in einem dicht bewaldeten, üppig beblumten, nur von bescheiden kleinen Straßenpisten durchkreuzten Häuser-Revier. Und um das mal kurz anzumerken: es ist immer ein gutes Zeichen, wenn es beim peilenden Erstblick in eine neue Umgebung mehr Bäume als Behausungen gibt. Meine Augen hatten Grund zum Strahlen: so weit ich spähen konnte, wurden hier alle einzeln und frei stehenden Fütterer-Bauten von dichten Zweigflügeln dicker, grobrindiger Baumstämme beschützt. Jedes Heim hatte seinen eigenen kleinen Wald. Wunderbar. Zugegeben, die Luft roch zwar nicht nach Kräutern, wie sie am Meer duften, aber trotzdem dufte: tannig, erdig, und nach Moos – auch nicht schlecht. Meine Schnauze konnte durchaus mal eine angenehme Abwechslung gebrauchen.

Den Mischmasch aus Zitronenduft und immer gleich riechenden Grashalm-Wiesen, die nie wirklich wachsen durften, hatte ich lange genug ertragen. Doch, mir gefiel dieses neu angepeilte Revier. Der erste Schnüffler trügt nie. Jetzt galt es, eine solch waldige Oase nicht wieder zu verlieren. Denn noch hatten wir sie nicht, und würden sie nur bekommen, wenn mein Freund und ich unser Bestes gaben. Durch möglichst traumhaft bestechenden Benimm. An mir sollte es nicht liegen. Meine Unterstützung war Rick gewiss, ohne dass er dies ahnte.

Er ordnete sich – so gut es ging – seine wirr verwuschelten Haare, stieg aus, und bugsierte den prallen Blumenstrauß halbwegs unbeschadet aus dem Wagen. Mein Freund versprach mir, bald zurück zu sein, verriegelte alle Ausgänge, und verschwand in dem baumhohen Heckenweg, den ich von der Rückbank aus leider nicht bis zum Ende durchblicken konnte. Wie erhofft, ließ Rick – einfach so wie immer – die Fenster unseres Stern-Gefährts halb offen; man könnte auch sagen: nur halb geschlossen. Das ist wie mit dem zur Hälfte gefüllten Futternapf; bei der Einschätzung kommt es auf den inneren Blickwinkel an. Meiner war in diesem Augenblick grundlos optimistisch. Ich redete mir ein, dass es kein Problem werden würde, von meiner Rückbank durch einen großzügigen Fensterspalt nach draußen zu kommen; um danach Rick und damit auch die Grünhaus-Fütterin, die mich einfach mögen musste, aufzuspüren. Mein Pfotenplan stand. Ob er standhalten würde, wussten die Sterne. – Gestatten Sie mir bitte an dieser Stelle, ganz unter uns, ein persönliches Geständnis: es gab in meinem Leben gewisse Schicksals-Senken, an die ich mich nicht allzu gerne erinnere. Der Ausstieg durch das mit Frischluft geflutete Rückfenster, den ich mir damals zumutete, gehört eindeutig dazu. Anfangs lief alles gut: mein Kopf war – etwas zur Seite geneigt – samt meinen vorderen Pfoten flugs ohne Blessuren im Freien. Aber dann wurde es eng; sehr eng – wie in Schicksals-Senken üblich. Denn die Jahre hatten meinen Körper wachsen lassen – vor allem in der Breite. Der dabei etwas üppig gewordene Bauchbereich wurde nun zum ersten Mal zu einem prallen und peinlichen Problem: er blockierte mich bei dem Vorhaben, aus unserem Reifen-Gefährt auszubüchsen, um mein Schicksal in die eigenen Pfoten zu nehmen. In meiner Mitte – sowohl von oben als auch von unten – eingezwängt zwischen Fenster und Blechrahmen, gab es für mich kein nach Vorne und auch kein Zurück mehr. Bei Fütterern heißt dieser Zustand zwischen Baum und Borke zu hängen. Doch bleiben wollte ich da nicht, jamais.

Zugegeben etwas träger als Eichhörnchen einen Baumstamm herunter huschen, drückte ich meine Vorderpfoten-Krallen in alles, was nach unten Halt gab; in meinem Fall die Wagentür-Karosserie hinten links. Ohne dies beweisen oder unterfüttern zu können, hatte ich manchmal das Gefühl, mein Koala-Teddy würde an meinem Hintern ein wenig nachschieben, damit ich vorwärts kam. So zwängte ich mich Millimeter um Millimeter – und nicht ganz schmerzfrei – aus meiner Fenster-Blockade nach draußen. Manchmal muss man das Glück eben zwingen, und sei es trotz des eigenen Gewichts. Benutzen Sie einfach ihre Krallen.

Nach dem geglückt erzwungenen Fensterausstieg ließ mich der kurze Blick zurück auf unser Stern-Gefährt innerlich zusammensacken: der Druck meiner Vorderpfoten hatte eine deutlich sichtbare Fährte in Form von kurvigen Schlangenlinien auf dem matten Tür-Lack hinterlassen. Zehnfach – eben von jeder meiner Krallen eine – die beiden oft übersehenen Wolfs-zehen an den Pfoten mitgerechnet. Rick würde jubeln, wenn er das eingeritzte Desaster sah. Aber jede Flucht hinterlässt Spuren; und mein erzwängter Ausbruch durch das Fenster war keine Laune meiner Natur, sondern machte Sinn. Für mich, für Vivina und letztlich ja auch für meinen Freund. Denn konnten wir Drei nicht zusammen bleiben, war diese neue Behausung – egal ob paradiesisch grün und waldig gelegen – für uns so sinnlos, wie ein Fuchsbau für einen Vogel; oder ein Ball für mich. Das musste einfach mit vollem – und in meinem Fall auch etwas fülligem – Körpereinsatz verhindert werden. Um jeden Prix.

SHOW-TIME CLOCHMAR

Mit gespitzten Lauschern und hoch gereckter Schnauze schlich ich mich in den von Rick genommenen, baumhohen Hecken-Weg. Bevor mein pirschender Blick ihn sah, konnte ich sein Lachen hören. Es klang zuversichtlich. Offenbar hatte mein Freund die Fütterin des frei stehenden Hauses bereits schmeichelnd charmant angebalzt. Das konnte er fast genauso gut wie sich etwas Einreden. Jeder Fluch ist eben auch eine Gabe. Nach einer leichten Biegung des angenehm erdigen Hecken-pfads konnte mein altersbedingt leicht getrübter Blick Rick klar erkennen. Er saß – parlierend wie ein Papagei – bei der Fütterin auf der Terrasse. Ich nahm mein Herz in alle vier Pfoten und sprang, als wolle ich mit ihm und ihr spielen, auf die beiden zu. Ganz so, als wäre dies das Selbstverständlichste in einem fremden Revier und bei einer mir noch völlig unbekannten Fütterin. Tja, tarnen und täuschen kann Träume wahr werden lassen; zumindest zunächst einmal. Was später passiert, das ist – wie so vieles, wenn nicht sogar alles – schlichtweg Schicksal; also die vorbestimmte Sternenspur, der unsere Seele folgt. Und die kann man weder tarnen noch täuschen; allerdings kann man, wenn auch selten, immerhin von ihr träumen.

Für Rick muss ich bei meinem Auftauchen aus dem pfoten-freundlichen Heckenweg ein Albtraum gewesen sein. Er starrte mich ungläubig an, ganz so, als sehe er mich zum ersten Mal. Und ihm fehlten die Worte – und zwar completti tutti, wie unser Kellner Mario zu sagen pflegte, wenn Vivina ihn mit einem funkelnden Augenaufschlag um einen Napf Pasta paradiso für mich bat. Ja, ohne nun zu übertreiben: die Überraschung war mir wahrlich geglückt. Mein unerwarteter Anblick verschlug Rick die Sprache, hihi. Er wähnte mich ja in unserem Stern-Gefährt auf dem Rücksitz, und nicht hier auf dem Rasen vor der Terrasse der Freihaus-Fütterin. Die fand mich übrigens sofort mindestens akzeptable. Was auch sonst. Mein Benimm war in diesem Moment vorbildlich: aufmerksam und aufrecht sitzend, den Kopf ganz leicht geneigt, wedelte ich sie mit meinem oft geübten und immer wieder unwider-stehlichen Hundemadame-Blick an. Mir war klar: diesem Augenstrahlen konnte keine Fütterin widerstehen. Jedenfalls keine, die noch ein Herz hatte. Zurück zu Rick; mein Freund hatte zunächst keine Antwort auf die Frage der alten Dame, ob ich zu ihm gehören würde. Er nickte nur mehrmals – und das eher angeschlagen langsam, als charmant überzeugend. Rick rätselte mit sich selbst.

Doch dann – nach seiner stummen Schreckminute – kam ein Rede-Rausch aus ihm heraus, der jedes nur mögliche Ressentiment gegen Klasse-Madames wie mich genial und gewaltig überspülte. – Nur um das kurz zu klären: von einer Rasse-Madame konnte er in meinem Fall ja leider nicht sprechen. Bei aller Liebe, die manchmal blind machen kann – man sah mir meine Promenaden-Herkunft einfach an: Labrador ja, aber eben auch mehr oder minder markante Charakterzüge von anderen Pfoten-Gesellen; beispielsweise ehrenwerten Richbecks. Doch wichtig und entscheidend waren hier und jetzt sowieso keine äußeren, sondern die inneren Merkmale und Werte. Und davon hatte ich wahrlich einige zu bieten. Ohne mir auf die Schulter tatzen zu wollen: wer mich kannte, der erkannte, was Lebensfreude war; weit über Nudels mit Soße hinaus. Denn das Strahlen meiner Augen führte alle Zweibeiner geradewegs hinein in den Mut, dem Sternen-Schicksal und ihrem Herzen zu vertrauen. Bei aller Bescheidenheit und deshalb knapp und knochentrocken gesagt: ich verkörperte Gefühl statt Kalkül. Als provencalische Hunde-Madame den Wechsel vom Meer nach Berlin allein wegen einer Freundschaft auf sich zu nehmen, ist selbst bei benebelter Vernunft natürlich nicht nachvollziehbar. Aber wer seinem Herz folgt, kann bei den Folgen auf den Lauf der Sterne hoffen. Oder anders gesagt: Mut tut jedem gut, darauf können Sie wuffen. Um nicht ausschweifend zu werden, sage ich Ihnen ganz ehrlich: viel mehr gibt es zu diesem – von Kratzspuren begleiteten – Haus-Eroberungs Kapitel meiner Geschichte mit Rick und Vivina eigentlich nicht zu berichten: wir konnten die grün und frei stehende Behausung zu unserem neuen Zuhause machen. Schon bald. Allerdings anders, als gedacht.

Woher sollte ich denn ahnen, was ein richtiger Umzug ist?! Mit einem Zug hat eine solche Fährten-Veränderung samt Zauber-Koffern nur sehr entfernt zu tun. Später sollten mir diese Zug genannten Schienen-Gefährte noch einige neue Erfahrungen bescheren. Worauf ich – ehrlich gesagt – hätte verzichten können. In diesen Zügen erinnert zu viel an Lemminge; wegen der Enge ist kaum Platz zum Atmen. Und fast alle mitfahrenden Gestalten blicken mit traurigen Herzen ins Nichts; als wären sie zum Aussterben verurteilt, ohne zu wissen warum. – Gedulden Sie sich bitte noch etwas bis zu den Einzelheiten dieses Grauens; miese Memoiren können warten. Traben wir lieber schnell weg von diesen würgenden Erinnerungen.

Es gab, alles in allem, schließlich viel mehr sonnigere Ereignisse und Eindrücke als solche trostlosen Schatten-Welten.

Beispielsweise – und glücklicherweise noch vor dem Umzug – die nächste gemeinsame Zeit mit Rick und Vivina am Meer. Und das überraschenderweise nicht weit entfernt von meinem alten Revier. In einer neuen Behausung, die von den beiden Villa Penja genannt wurde. Das war schon mal ein gutes Zeichen: jedes Haus von Fütterern hat eine Nummer, damit sie es wiederfinden können. Doch trägt das Haus dazu auch einen Namen, dann hat es Charakter; sozusagen gebauten Benimm – Sie wissen schon, was ich meine.

Unser Penja-Zuhause stand mit großem Abstand zu anderen Fütterer-Bauten auf einem sanften Hügel; ringsum Büsche, Bäume, Kräuter und bunte Blütenpracht. An eine Seite dieses neuen Reviers auf Zeit – wir wollten hier leider gerade mal eine knappe Mondumdrehung bleiben – grenzte eine weit gestreckte Wiese. Hinter ihr war nur noch Himmel und Meer zu sehen. Wunderbar. Auch die anderen Himmelsrichtungen von dieser Behausung waren pure Harmonie: nichts trübte in naher oder ferner Umgebung das Auge oder die Schnauze. Mein Freund und meine Gefährtin hatten die richtige Nase gehabt, dieses kleine Paradies als neue Urlaubs-Residenz von uns Drei auszusuchen. Es kam unserem einstigen Lieblings-haus mit den blauen Läden an meinem vergessenen wilden Garten sehr nahe* – auch vom Pfotengefühl her.

Dazu hatte diese Villa Penja einen Kamin. Der allerdings schon seit Ewigkeiten nicht mehr gebrannt hatte; und propper makellos dastand wie Max am Gartentor, wenn er mich erwartete. Mit Rick würde der Kamin wieder aufleben, da war ich mir sicher. Allerdings musste mein Freund dringend lernen, den Rauch seiner furiosen Feuer etwas besser zu beherrschen. Denn das rußig rauchige Grau auf dem einstmals blütenweißen Kamin in unserem vorherigen Ferienhaus war der eigentliche Grund, dass wir nun in dieser viel angenehmeren Villa Penja den Urlaub leben und genießen konnten. Ich hoffte inständig, dass Rick sich beim Zündeln dieses Mal zügeln würde, damit wir hier nicht auch – wie bei dem anderen Haus – Revier-Verbot bekamen. Es ging nun nicht mehr um viel Rauch um nichts, sondern um möglichst wenig Rausch-schwaden, um einen fatalen Fehler nicht zu wiederholen.

Vivina und mein Freund spürten dasselbe wie ich: dieses unglücklicherweise nur vorübergehende Zuhause war es einfach wert, immer wieder hierher zu kommen. Möglichst bald und oft.

Nicht nur, weil wir in ihm unser Lächeln zurück fanden; sondern wegen der Entdeckung der Leichtigkeit, die für uns doch schon fast verloren schien – wegen Berlin und dem nicht enden wollenden, tobenden Erdbeben über und in unseren Köpfen. Diese Villa Penja ließ das alles vergessen, wirklich. Herz und Gemüt bekamen das Vertrauen in den Mond und die Sterne zurück. Was natürlich nicht ausreicht, Schicksals-Senken zu vermeiden; leider. Doch das Leben besteht nun mal nicht nur aus Höhepunkten – sonst wären es ja keine. Also sollte man goldene Pfotenmomente auskosten; meine jedenfalls ich.

Und tat das auch bei dem allmorgendlichen Spaziergang mit Rick; unsere gemeinsame Provence-Promenade führte stets runter zu dem Proviant-Tempel, in dem es alles gab, was Gaumen glücklich macht. Der Weg, den wir nahmen, muss früher ein Bachbett gewesen sein; doch richtig fließendes Wasser hatte diese gewellt hügelige Erde schon lange nicht mehr gesehen. Und Regentropfen, selbst en masse, machen nun mal auf Dauer noch keinen Bach. Da braucht es mehr; mindestens eine Quelle, besser natürlich noch zwei. Doch bei genauer innerer Peilung war die ausgetrocknete Rinnsal-Route letztlich ein Glück für Rick und mich. So kamen wir stets trocken zu der Straße, die an den Proviant-Tempel grenzte. Meinem Freund bereitete die wellige Unebenheit des provencalischen Pfades – vor allem auf dem Rückweg – mehr Schwierigkeiten als mir: vier Pfoten geben eben mehr Halt als zwei Füße. Und außerdem musste natürlich er unsere Beute zur Villa zurück tragen. Ein schlechtes Gewissen hatte ich dabei nicht, warum auch. Denn das Auswählen und Aussuchen unserer Leckereien übernahm mein Freund ja auch alleine. Obwohl mich nur viel Pech aufhielt, ihn dabei zu begleiten. Für dieses Dilemma lohnt es sich, ein wenig in Details abzuschweifen: der riesige Proviant-Tempel hatte einen kleinen Vorraum, in dem es eigentlich nichts gab, außer einer kackbraunen Parkbank aus Plastik mit vier zusammen geschraubten Sitzen, die wie große, flache Futternäpfe geformt waren. Wer bitteschön sollte hier auf was oder wen warten?! Kaum waren Rick und ich in dem seltsamen Vorraum drin, wurde mir von meinem Freund dieser verhasste Strick in mein Halsband geklickt. Rick band die von mir verschmähte Leine an eines der Sitz-Gestänge dieser sinnlosen Wartebank; nicht zu stramm, damit ich genug Spielraum zum Sehen hatte. Und was sah ich? Er verschwand mit einem Gitterkorb auf Rädern in dem Paradies aus prall gefüllten Regalen, die allesamt edles Futter feilboten.

Um an unseren Proviant ranzukommen, musste Rick vorher unverletzt eine unregelmäßig auf- und zugehende Zwillings-Glastür überwinden. Die Tür hatte offenbar unsichtbare Augen; denn immer, wenn sich ihr ein Fütterer oder eine Fütterin näherte – schwups öffneten sich die gläsernen Pforten. Die Überwindung dieser breiten Durchgangs-Schwelle sollte doch auch für eine gewichtige Hunde-Madame wie mich kein wirkliches Problem sein – dachte ich. Und begann mit vollem Körpereinsatz – weil mir ja die Bank am Hals hing – in Richtung der Glas-Schleuse, die ins Schlemmer-Nirwana führte, zu robben. Ruckler um Ruckler näherte ich mich dem Tor zu dem Land der Leckereien; und verfluchte dabei die vier völlig überflüssigen Futternapf-Sitze, die ich im Schlepptau meiner Leine hatte. Diese störrischen Sitzschalen mit ihren dicken Stangen waren für eine einzige Hunde-Madame einfach viel zu schwer. Seit damals ist mir klar: egal ob um den Hals oder sonst wo – zwanghaft zugemutetes Gewicht ist einfach unnötiger Ballast und deshalb möglichst zu vermeiden. Denn nun bahnte sich eine Blockade an, wie sie dieser Proviant-Tempel noch nicht erlebt hatte und wohl auch nie wieder erleben sollte: mit all meinen Pfoten hatte ich das Tempel-Terrain bereits erreicht und begeistert erschnuppert, als mir mein Halsband die Luft nahm und die Kehle zuschnürte. Nach vorne hinein ins Paradies ging rein gar nichts mehr. Denn die vier – wie Hühner auf einer Stange – aufgereihten Futterschalen-Sitze hatten sich an den Enden der Zwillingstüren verhakt. So blieb der Eintritt in den Regal-Palast en principe zwar ständig offen, aber der Zutritt zu ihm war leider nicht möglich. Für niemand. Wegen mir und der blöden Bank. Ich stand bereits mindestens zwei Körperlängen hinter der Glas-Schleuse, doch das Schalensitz-Quartett am Ende meiner Leine stand mit seiner ganzen Breite – von beiden Seiten eingeklemmt – genau auf der Grenzmarkierung zu dem Kosmos der Köstlichkeiten. Was, außer Bellen, blieb mir denn übrig, um Rick um Hilfe zu rufen?! Doch statt meinem Freund kam zunächst ein fremder Fütterer, in Max-Manier herausgeputzt, und zog die Bank samt mir zurück in den Vorraum. Solche mit Gewalt erzwungenen Rückzugs-Momente mochte ich gar nicht. Das erinnerte mich zu sehr an meine Zeit als kleiner, hilfloser Balg, mit dem man machte, was man wollte. Dem entsprechend knurrte und wuffte ich in alle Richtungen; wie ein Werwolf, der sich wehrt, so gut er kann.

Der Max-Manier Fütterer rief – äußerst schlecht gelaunt – in den Proviant-Tempel, zu wem denn bitteschön diese schwarze Hundemadame, die im Vorraum randalieren würde, gehöre.

Er meinte damit mich, was Rick offenbar begriff. Denn fast spurtend eilte mein Freund zu mir und beschwichtigte den aufgebrachten Rufer, den er Monsieur Chef nannte: alles werde gut; ab jetzt und für alle Zukunft. Draußen habe es ja genug stabile Betonpfeiler, die selbst ich nicht einreißen könne.

Das war leider richtig. Und so verbrachte ich die Proviant-Tempel Zeit unserer Provence-Promenade – mit festgebundener Leine an einem grauen Pfahl – Tag um Tag wartend vor der Pforte ins Schlemmer-Paradies.

Ich sage Ihnen: man gewöhnt sich an alles, wenn die Belohnung stimmt. Und belohnt wurde ich von Rick für mein braves Warten stets mit einem Croissant und zwei saftig duftenden Scheiben von meinem Lieblings-Schinken. Aus dieser Warte heraus betrachtet war mein Warteplatz am Pfeiler durchaus auch vorteilhaft. Doch hätte ich die Wahl gehabt, dann wäre es mir ein Leichtes gewesen, auf die Fütterung am Beton-pfosten zu verzichten. Lieber ein bisschen hungrig und dafür frei, statt angebunden und maßlos satt.

Zumindest en Theorie. Wobei ein saftiger Schinken so manches honorige Prinzip auch sehr rasch vergessen lässt. Wer nicht bestechlich ist, der werfe jetzt den ersten Knochen; wenn er noch einen hat.

Außer diesem trübseligen Leinenschicksal am Pfahl hielt der Himmel fast nur Sternschnupper-Stunden für mich bereit: tagtäglich am Tisch, allabendlich mit meinem Koala auf der Couch vor dem Kamin, den Rick sehr zurückhaltend befeuerte, und des Nachts konnte ich in unserer Villa Penja mit dem Mond von meinem weit droben weilenden Zwillingsgefährten träumen. Es tut gut, sich mit einem Lächeln an alte Zeiten zu erinnern; und wenn es nur im Schlaf ist.

Ganz so, als läge ich auf dem moosbewachsenen Hügel im vergessenen wilden Garten an unserem Lieblingshaus, konnte ich im Traum mit meinem Zwillingsgefährten reden. Natürlich hatte er von oben meinen mutigen Weggang nach Berlin mit-bekommen. Schön war, dass er mich darin bestärkte, diese Fährte der Freundschaft genommen zu haben. – Warten Sie, er drückte das mit himmlischeren Worten aus: Ein Blick auf's Meer, samt allen Kräutern der Welt, konnten das Glück, das ich mit Vivina und Rick gefunden hatte, niemals ersetzen. Wahre Freunde folgen einander, egal wohin. Außerdem riet mir mein Zwillingsgefährte, stets daran zu denken: nicht woher man kommt, sondern wohin man geht, entschiedet über den eigenen Weg.

Deshalb solle ich die eingeschlagene Fährte weiter laufen, so lange mich meine Pfoten nur tragen konnten. Immerhin war ich ja schon bis nach Berlin gekommen. Das hatte kaum einer meiner Artgenossen aus unserem alten Revier bisher geschafft. Jedenfalls keiner, den wir kannten.

Auch nicht der kleine Polux, ein Beagle-Kumpel aus vergangenen Zeiten, den ich am nächsten Tag bei meiner Promenade mit Rick traf. Übrigens völlig unverhofft, denn niemals wäre mir eingefallen, in der Nähe der Villa Penja einen so nahen Freund aus meinen Heimat-Revier wieder zu sehen. Offenbar können Kumpel fliegen, wenn es um ein wundersames Wiedersehen geht. Damit jetzt kein falscher Eindruck entsteht: Polux und ich hatten nie eine Fell an Fell Beziehung. Für die große Liebe war er einfach zu klein, ja bestenfalls eine halbe Portion im Vergleich zu mir; gemessen an meinem einstigen Gewicht, das ich nicht ganz halten konnte. Aber ein Kumpel, der wie ein Bruder offen ist für gemeinsame Pfoten-Promenaden durch breite oder schmale Schnüffel-Pfade, das war Polux allemal. Und dafür mochte ich ihn und er mich: etwas alleine zu erkunden ist langweiliger als zu zweit. Besonders lange waren wir beide allerdings nie zusammen auf der Streif. Wegen den kurzen Beinen von Polux. Für die Hälfte eines Weges brauchte er die doppelte Kraft wie ich; mindestens. Schon damals, als meine Heimat mehr oder weniger der vergessene wilde Garten war, hatten wir uns nie verabredet: wir beide trafen uns immer einfach so. Das mag nun etwas beschämend für mich sein, aber wo mein kurzbeiniger Kumpel seine Fütterer und sein Heim hatte, wusste ich wirklich nicht. Sicher ist allerdings – sollte mich meine Erinnerung nicht ganz trügen – dass Polux ständig mich traf, und nie umgekehrt. Und genauso geschah es auch an dem Morgen, als Rick und ich unsere tägliche Promenade zu dem Proviant-Tempel machten. Plötzlich trabte Polux neben mir. Keine Ahnung, wie er mich gefunden hatte; wir schnäuzelten uns wie zwei alte Freunde, die das Schicksal einst getrennt und nun wieder zusammen geführt hat. Rick wunderte sich über meinen Benimm. Er kannte mich ja eher als Einzelgängerin, die sehr vorsichtig und wählerisch ist in Bezug auf Annäherungen anderer Artgenossen. Max war die Ausnahme von dieser Regel. Und Polux kannte ich ja schon, was mein Freund allerdings nicht wissen konnte. Ihm war in seinem staunenden Gesicht abzulesen, dass er lächelnd darüber nachgrübelte, weshalb ich mich über diesen putzigen Beagle-Gesellen derart freute.

Sehr viel später sollte Rick erfahren, wie tief die Freundschaft zwischen Polux und mir trotz unserer nur kurzen Begegnungen war. Wie früher in meinem Heimatrevier verabschiedete sich mein kleiner Kumpel auch dieses Mal recht rasch von unserer gemeinsamen Promenade. Schon nach der dritten Biegung des trockenen Flussweg-Pfades nahm Beagle Polux mit seinen kurzen Beinen eine Abkürzung in die Büsche und wuselte wer weiß wohin. Hauptsache er wusste es.

Mir war durch die Begegnung mit ihm klar geworden, wieviel Heimat wir in unserer Villa Penja zurück gefunden hatten. In ihren Räumen stand dieses seltene Glück, das keine Zeit kennt, auch wenn sie vergeht. Und noch eins steht seit damals für mich außer Frage: wenn es darum geht, sich zu treffen, hat ein Freund Flügel; vielleicht nur kleine, aber niemals keine.

Natürlich verflogen die Sonnentage und Mondnächte rascher als uns lieb war; und der ungewollte Abmarsch aus der heimeligen Penja-Villa kam viel zu früh.

Vivina und Rick gingen das Zauberkisten-Ritual sehr missmutig an. Doch wir mussten packen und zurück nach Berlin, um die Behausung zu wechseln: raus aus dem Erdbebengebiet und rein in das frei stehende Zuhause im Grünen.

Sind Sie schon mal umgezogen? Wenn ja, werden sie das, was nun kommt, am eigenen Leib erfahren haben und eher weniger unterhaltsam finden. Sollte Ihnen jedoch noch kein Umzug aufgebürdet worden sein, dann gratulieren Sie sich jetzt bitte selbst: es ist der reinste Wahnsinn aus Kisten, Kartons und Chaos.

Mir wurde es spätestens in dem Moment verdammt mulmig und unheimlich, als Rick samt seinen Pack-Helfern damit begann, den Futter-Tisch abzubauen und weg zu tragen. Was sollte das?! Wollte er ihn zersägen und verheizen oder gar wegwerfen?! Dass mein Freund unsere hölzerne Schlemmer-Platte samt ihrem mit Liebe gezimmerten Untergestell einfach nur in unser neues Zuhause mitnehmen wollte, war damals jenseits meiner Gedankenwelt. Denn in jeder Behausung, die wir Drei bislang miteinander geteilt hatten, gab es bereits einen Futterzimmer-Tisch; und Platz für zwei war eigentlich nie. Denn sonst hätte meine Couch, von der aus ich das Umzug-Treiben beobachtete, nicht mehr in die Nähe gepasst. Bedrückt von der Sorge, dass meine weich gepolsterte Stätte womöglich einem überflüssigen Ersatz-Futtertisch weichen sollte, machte ich mich auf meiner Liegestätte noch schwerer, als ich eh schon war. Und drückte meinen Koala ganz fest an mein Herz. Er sollte sich dieses Drama nicht auch ansehen müssen:

unser ganzes Hab und Gut verschwand – in Folie und Papier gewickelt – nach draußen in ein Kasten-Gefährt. Und als die Räume so leer waren wie ein ausgeschleckter Futternapf, kamen Rick und zwei der Ausräumer auf meine Couch zu. Die wollten sie unverschämterweise auch noch haben – aber ohne mich. Bellend verteidigte ich meine wohlgepolsterte Lagerliege, bis Vivina zu mir kam. Sie strich mir auf ihre ganz besonders behutsame Art das Fell und bat mich zu verstehen, dass ich meinen Lieblings-Stammplatz für einige Stunden räumen müsse. Denn mit meinem Gewicht sei die Couch kaum in unser neues Zuhause im Grünen zu transportieren.

Ich begann so langsam, wie der Morgen dämmert, zu verstehen: wir nahmen alles, was in dieser bebenden Behausung heil geblieben war, mit in das frei stehende, geräumige Garten-Haus bei dieser netten älteren Fütterin. Unglaublich. Entweder würde es dort dann verdammt eng werden, oder aber unser neues Zuhause war leer wie eine Dose Futter, in der außer Luft nichts drin ist. Letzteres erwies sich als die Wahrheit, die ich vorher noch nie erlebt hatte.

Ein Glück, dass dies bei den Ferienhäusern in meiner alten Heimat nie der Fall war oder ist. Da stehen in jeder Behausung die Zugaben, die Fütterer zum Leben, Essen und Schlafen gewohnt sind und brauchen. Mal ein paar mehr als nötig, mal ein paar weniger als angebracht. Aber überhaupt nichts zum Sitzen oder Liegen gab es in meinem alten Revier in den Fütterer-Quartieren absolut non und nie. Das konnte man selbst von außen sehen – außer die Läden waren verschlossen.

Bon, Berlin hat eben andere Bauten-Gepflogenheiten als die Provence. Innen drin in Bärenstadt-Räumen kann nicht nur gähnende, sondern selbst lähmende Leere vorherrschen. Die allerdings schneller als feuchter Nebel in wärmenden Sonnen-strahlen verfliegt, wenn – wie in meinem ersten Umzugs-Fall – alle lieb gewonnenen Utensilien rein passen: Tisch, Couch und eine prächtig viel Platz für Leckereien bietende Proviant-Truhe. Also das Gegenteil eines Knauser-Kastens. Zwar ungefähr gleich hoch, aber immer spendabel. Aus unserem Kühl-Kasten kamen Pasta-Nudels statt Papier-Streifen.

Nein, beschweren konnte ich mich über dieses neue grüne Zuhause, das uns die ältere Fütterin überlassen hatte, wirklich nicht. Von Beginn an hatte ich das Gefühl, an einem Glücks-Ort angekommen zu sein. Aus mehreren Gründen: da war zum einen vor dem Haus ein kleiner, und an der Hinterseite des Gebäudes ein sehr großzügiger Rasengarten;

wonnig weich und für meine Pfoten und Schnauze besser wie jeder Teppich – weil dieses gesunde Grün weichen Halt gab und nach echter Erde roch. Zum anderen war die Grenze zwischen diesem riesigen Rasen hin zu der Terrasse der grauhaarigen Fütterin – die mir anbot, sie Oma nennen zu dürfen – leicht überwindbar: dazwischen stand nur eine einzige, sehr niedrige Hecke. In früheren Jahren wäre ich über diese lächerliche Barriere mit Anlauf – mehr oder weniger locker – drüber gesprungen. Doch das Alter, in dem ich war, hatte den Vorteil, dass man etwas weiser geworden ist und jede überflüssige Kraftanstrengung spart, wo es nur geht. Bei dieser Hecke gelang dies ohne Probleme, also ohne Hopp-Hopp Hüpferei. Denn ganz links, auf der Sonnen-untergangs-Seite, hatte das akkurat wie eine Mauer geschnittene Blattgestrüpp eine breite Lücke, die selbst meinen Maßen genügte: da kam ich ohne einen Schrammer durch, und mit heilem Fell wieder zurück. So hatte ich jederzeit freie Bahn zu der Terrasse der Oma-Fütterin.

Dieser Durchgang war eine Pforte des Himmels: denn die alte Dame mochte meine Besuche bei ihr so sehr, dass sie immer Leckerlis holen ging, wenn ich kam. Und ich kam oft. Und ging nach geraumer Zeit auf ganz eigene Weise – nämlich auf meinem Allerwertesten den kleinen Gras-Hügel vor ihrer Terrasse herunter rutschend. Ein abschüssiger Abschied; hihi, das tat meinem Hintern gut. Die Grünfärbung des Rasens litt allerdings etwas darunter. Ein Wiesen-Halm nach dem anderen wurde Rutscher um Rutscher etwas brauner. Jedes Vergnügen fordert eben Opfer, meist von anderen. Doch mir machte meine Rasen-Rutschbahn Spaß. Und davon kann man nie genug bekommen.

Ohne nun übertreiben zu wollen – nach der Rutscherei kam es noch besser: die wahre Freude wartete neben dem Oma-Haus, versteckt zwischen leicht bewaldeten Hügeln. Da standen doch tatsächlich fünf Holländer-Gefährte!

Ihre Bewohner waren allesamt Berliner Fütterer, die sich Camper nannten. Sie erwiesen sich bei meinen Pfoten-Visiten ausnahmslos als großzügig, was selbstgekochte Topf-Reste anging. Keine Ahnung, wo sie ihre Küchen hatten – aber Camper können kochen, dass mancher Koch blass werden würde. Bis heute glaube ich, dass manche von ihnen eine Extra-Portion für mich, eine Fremde aus der Provence, vorab bereits mengenmäßig eingeplant hatten. Ich war ihnen ein stets willkommener Gast. Ja, die Bärenstadt hatte mir nicht nur unangenehme Überraschungen zu bieten, sondern eben auch diese freundliche Fütterer-Familie aus Campern.

Von denen Vivina und Rick allerdings eher weniger ab- und mitbekamen. Die kleinen Holland-Bauten auf Rädern waren vor allem das Revier von mir. Was mein noch etwas fülliger werdender Bauchbereich unschwer erraten ließ. Rick und meine Gefährtin nahmen dies mit einem Lächeln hin. Sie mochten mich nicht wegen meinem Gewicht; sie liebten mich, weil ich so war, wie die Sterne es eben wollten: heimatlos verloren und doch geborgen in unserer Freundschaft. Vivina und Rick wussten: mein Weg war auch ihr Weg, und leicht war der nicht. Für keinen von uns. Doch könnte man zwischen Schicksals-Spuren wählen – was so unmöglich ist, wie den Wind zu kauen – ich würde wieder genau dieselbe Fährte nehmen, die uns vorbestimmt war. Denn mir ist durch meinen Freund und meine Gefährtin eins klar geworden: das Leben macht nicht immer Sinn; aber wer seinem Herz folgt, verirrt sich trotzdem nicht. Lassen wir das jetzt einfach mal so stehen und wenden uns weniger himmlischen Gegebenheiten zu. Gruseligen, um genau zu sein.

Höllisch graue Horden von Keller-Asseln begannen sich bereits nach dem ersten vollen Mond im untersten Stock unserer Behausung offenbar pestartig breit zu machen. Zumindest wenn ich Rick und Vivina richtig verstanden habe, als sie bleich und wütend aus dem unten liegenden Verjüngungs-Revier zurückkamen. Auf Anhieb war es für mich nicht möglich, genau zu erlauschen, welches Drama sich im Untergeschoss anbahnte. Doch nach und nach wurde mir klar: Art-Genossen von Kakerlaken, eben diese Keller-Asseln, waren in den Raum eingedrungen, in dem mein Freund und meine Gefährtin sich von ihren Jahres-Spuren im Gesicht – und überhaupt – erholen wollten. Beide bildeten sich ein, beim Verlassen dieses geschätzten und gern besuchten Jungbrunnen-Gemachs um ein paar Dutzend Mondumdrehungen jünger auszusehen, als sie waren. Aber ihre Verjüngungs-Bemühungen scheiterten kläglich, da die ekligen Krabbel-Monstern sich Tag um Tag über Nacht vermehrten. Ich konnte Rick und vor allem Vivina Wort um Wort mehr verstehen: von außen oder innen jünger werden beim Anblick von Keller-Asseln – das geht einfach nicht.
Mir wurde allein beim belauschenden Zuhören schlecht: in der ersten Berliner Behausung das Erbeben von oben, nun die Keller-Assel Attacke von unten – mon dieu, wann endlich würde mal Ruhe in einem unserer Zuhause sein?! Um es gleich vorweg zu nehmen: nie.

Mit einer Ausnahme, die Villa Penja hieß. In dieses Urlaubs-Heim flüchteten wir, so oft es nur ging – leider immer für zu kurze Zeit. Doch jedes Mal war es ein nach Hause kommen zu der so sehr vermissten friedlichen Freude; und ein Wiedersehen mit der von innen lächelnden Leichtigkeit, die in unseren Herzen ruhte.

Es gibt Pfoten-Reviere, die sind wie Freunde: sie heißen einen immer auf's Neue willkommen. Für uns war dieser Freundesort die Villa Penja in der Provence. Heute ist es mir klarer, als ein wolkenloser Himmel je sein kann: wir hätten in dieser Zuflucht-Stätte bleiben sollen, aber das ging eben nicht. Denn damit unsere Futtertruhe gefüllt werden konnte, musste Vivina zurück in die Bärenstadt; und sich gegen ihren Willen Tag um Tag an diesen von ihr so ungern betretenen Ort Arbeit aufmachen. Sie tat es für Rick und mich. Nur deshalb hielt meine Gefährtin diese lähmende Last durch – länger, als jede Hoffnung trägt. Ihr Herz schlug für drei.

Und uns allen schlug erneut eine sternenlose Sackgassen-Stunde des Schicksals: wir mussten wegen diesen kotigen Kellerasseln, die wirklich jeden beim bloßen Anblick würgen lassen, unsere Berliner Behausung erneut wechseln. Diese neblig grau gepanzerten Krabbel-Ungeheuer waren einfach nicht zu vertreiben – mit nichts. Im Gegenteil: sie wurden immer mehr! Das war nicht auszuhalten, das war – pardon – zum Kotzen.

Bitte glauben Sie mir: oft habe ich in meinem Leben nicht geflucht, aber diese vermaledeiten Viecher, die hab' ich verflucht! Und bis heute sage ich – zu Recht. Denn alles hatte an diesem grünen Revier gestimmt: die Räume, der Rasen, die Oma-Terrasse und die Camper-Fütterer. Für Berlin war das ein Paradies-Ort. Ein Oasen-Geschenk, das wir nicht noch einmal finden würden. Was sich das Schicksal dabei wohl gedacht hatte, wird mir für immer verborgen bleiben. Ein gelebter Traum knickte vor den Kellerasseln ein, und ging für immer verloren.

Soviel wusste ich, bevor Vivina und Rick nach einer ähnlichen Bleibe für uns zu suchen begannen. Nicht unerwähnt bleiben darf dabei, dass mein Freund dazu gelernt hatte: dieses Mal ging er auf die Behausungs-Pirsch, ohne mich zu verschweigen oder gar zu verleugnen. Was nichts daran änderte, dass Rick ständig daran scheiterte, ein auch nur halbwegs gleichwertiges Revier – ohne Kellerasseln – aufzutreiben. Wie auch: was es nicht gibt, kann niemand herbei bellen. Selbst Rick nicht, egal wie sehr er es sich einredete. Doch wer ist schon frei von tröstenden Trugbildern?

Ich leider auch nicht; und damit wären wir an der unvermeidlichen Biegung dieses Geschichts-Pfades von mir, der Hunde-Madame aus der Provence, angekommen. Also an einer mittlerweile weit zurück liegenden Sternenbahn. Nach dem erzwungenen Rückzug aus dem Kellerassel-Haus paart sich meine Erinnerung zu einer gedanklichen Promenaden-mischung. Deshalb kann ich mich um ein Geständnis nun nicht mehr herum pirschen: wann wo was warum danach geschehen ist, das ist in meinen Memoiren – von der Reihen-folge her – leider etwas verblasst. Eventuell sogar durcheinander gekommen; oder etwas wirr, wie der gut gemeinte Versuch, einen Traum von seiner Geburt bis zu seinem Ende zu erzählen. Ich weiß, Sie werden mir das nachsehen, denn in meinem Alter darf man Zeitspuren schon mal verwechseln, oder non? – Merci.

VILLA CLOCHMAR

Kürzen wir die Katastrophen ab: vor unserem Einzug in das mittlerweile dritte Berliner Zuhause – ein doppelstöckiges Dachgeschoss von freundlichen Fütterern, die einen kleinen Abenteuergarten hatten, den ich benutzen durfte – stand grauenhafterweise naturellement wieder ein Umzug. Und dieses Mal wurde das Drama noch ominöser. Denn noch bevor alle Kisten und Kartons gepackt und geschnürt waren, ließ Rick sein Piano von zwei muskulösen Packhelfern weg tragen – in einen Kastenwagen, der größer als eine Garage war. Ich verstand die Welt nicht mehr – aber wer versteht die schon: mein Freund gab damit ein Stück seiner Seele auf. Er selbst hatte Vivina immer wieder versichert, dass dieses schwere Klavier – auch wenn er kaum und nur benuckelt darauf spielte – zu ihm gehören würde, wie sein zweites Herz. Das war er nun los. Doch bald darauf sollte er es wieder finden, in dem Haus am Meer, das wir bei unserem anstehenden Kurzaufenthalt gegen unsere geliebte Villa Penja eintauschten. Erneut zogen wir selbst im sogenannten Urlaub in eine neue Behausung. Wieder einmal wusste ich nicht, was mich erwartete. Doch dieses Mal überwog in mir eine unerklärbare Vorfreude; sie war stärker als die kleine Trauer, diese einer wahren Heimat würdige Villa Penja wohl nie mehr wieder zu sehen.

Über die – wie immer – furchtbare Fahrerei hin zu unserem Provence-Paradies verknurre ich mir jeden Kommentar. Wir kamen kräftemäßig zwar gebeutelt – immerhin pannenfrei heil an, und das allein zählte.

Mein erster Peilblick auf unser neues Gebäude, das mitten in einem nach Kräutern duftenden Gelände stand, enttäuschte mich nicht. Noch erfreuter war ich, erlauschen zu können, dass sowohl das Haus als auch die angrenzende Umgebung von meinem Freund und meiner Gefährtin erbeutet worden waren und nun uns gehörte. Meine Augen strahlten, leuchteten und glänzten wie zuletzt bei der Pfoten-Beziehung zu Max. Sollten Wunder wirklich wahr werden können? – Heute weiß ich: im Prinzip ja, allerdings nicht für immer und ewig. Das ist der Unterschied zu einer wahren Freundschaft. Die hält, egal was kommt, egal was geschieht, egal in welcher Welt.

Die von Rick und Vivina als Revier-Besitzer eroberte Behausung hatte zwar recht kleine Räume, dafür aber viel Gelände drumherum. Mit einem kleinen Wald, der allerdings mehr einem Urwald als einer gehegten Grünoase aus Bäumen glich. Soviel sei vorweg genommen: mein Freund und meine Gefährtin machten dieses steil gelegene, herrlich wild bewachsene Terrain samt der bescheidenen Behausung zu unserem neuen Heimatrevier in der Provence – für immer, wie Rick, wie immer etwas zu optimistisch, betonte.

Wie viele Flaschen er bei der Plackerei auf dem Gelände, dem gewagten Durchbruch von Wänden, und dem Einbau eines zweiten Verjüngungszimmer in der ehemaligen Besenkammer leer genuckelt hat, darüber breiten wir lieber die Fahne des Schweigens. Was bleibt, ist die Erinnerung, dass Vivina und er es irgendwie geschafft haben, uns alle an diesem Ort zu Glückskindern des Schicksals zu machen. So lange, wie es eben sein sollte.

Ohne nun dastehen zu wollen wie eine altersmilde Hunde-Madame, möchte ich meine wohlig warm anflutenden Gemüts-Wellen erwähnen, die mich bei diesem Geschenk des Himmels innerlich ins Glück trugen. Es war wie meine zweite Geburt. Nur schöner. Denn als ich mit meinen von der Fahrt leicht benebelten Augen unser Haus am Meer zum ersten Mal sah – und das dank dem Lauf der Sterne noch vor dem Umzug in das Dachgeschoss der Bärenstadt – konnte ich wieder an den Zauber der Zukunft glauben: dieses Besitz-Zuhause stand so nahe an meinem alten Revier mit dem vergessenen wilden Garten, dass ich auf meinen vier Pfoten allein in die Vergangenheit zurück traben konnte; wann immer ich wollte. Mühe machte dabei nur der dazwischen liegende kleine Hügel mit dem Ausguck-Rondell, das Sie ja von meinem ersten Bericht kennen. An dieser Erhebung wuffte ich – zwischen manchem Hechler – allen vollen Monden einen Tusch zu: das Morgen und die Erinnerung paarten sich hier auf ewig zu einem Kreis, den nur das Schicksal in einer gütigen Stunde ziehen kann. Regenbogen-Tropfen aus meinem Herz, in dem nach inneren Sintfluten endlich wieder Sonnenstrahlen aufgingen, ließen meine Augen glänzen.

Doch damit nicht genug der Freudentränen: unser neues Heimat-Paradies bekam sogar einen Namen. Mein Freund und meine Gefährtin tauften es Villa Clochmar. Das ehrte mich nicht nur, das ließ mich fast weinen. Denn wenn ein solches Zuhause mit meinem Namen geschmückt wurde, dann konnte das nur eins bedeuten: wir waren wegen unserer Freundschaft – nach vielen Pechsträhnen – endlich auf der Glücksseite unseres gemeinsamen Lebens angekommen. Leider ein fataler Irrtum. Denn wir fuhren – wie immer – wieder viel zu rasch weg aus diesem Paradies meiner Provence mit dem Meerblick, den sanfte Hügel aus wildem Fels und stolze Baumkronen säumen.

Der Pistenwahnsinn zurück nach Berlin ging in die nächste, aber nicht letzte Runde. Vivina versuchte mir zu erklären, dass das Schicksal uns keine andere Wahl ließ. Der Preis für unsere behagliche Behausung, die streng genommen keine Villa, sondern ein Schachtelbau mit wahnsinnig viel Grün und Gestrüpp drumherum war, hieß: meine Gefährtin musste weiter zu diesem ungeliebten Ort Arbeit; und Rick musste schauen, dass seine schwarzen Buchstaben auf weißem Papier zu sogenannten Geldscheinen wurden. Möglichst öfters als zuvor, wie er mit besorgter Miene zugab. Und gleichzeitig strahlte, wenn sein Blick auf sein zweites Herz, sein Piano schweifte. Wie es in unsere Villa Clochmar rein gekommen ist, weiß ich bis heute nicht. Ein Glück, dass er es nicht bei jeder Fahrt wieder mit zurück nahm in die Berliner Behausung. Selbst unser wirklich stabiles Sterngefährt hätte das nicht durchgehalten. Doch so hatte Rick nun in der Provence, meiner alten Heimat, alle seine Herzen wieder beisammen. In Berlin allerdings fehlte ihm eins; und dabei hätte er dort die nicht immer perfekt harmonisch klingenden Tasten seines Klaviers gut gebrauchen können. Ein leicht verrutschter Ton ist besser als gar keiner, wenn der Rest der Melodie stimmt. Manchmal muss man mit dem Herzen hören.

Die Ankunft in der bereits erwähnten Dachgeschoss-Behausung, die wir Drei nach der Flucht aus dem Kellerassel-Alptraum zu unserem neuen Berliner Zuhause machten, hatte durchaus den Charme des kleinen Glücks. Dort war vieles herzig, vor allem Laura, die Tochter der Besitzer-Fütterer, die das Erdgeschoss – frei von allem Ungetier – bewohnten. Sie gab mir den Kose-Namen Clochy und sorgte sich liebevoll um mich, wann immer es möglich war. Auch Lauras Eltern, Rainer und Brigitte, die von Beginn an wussten, dass Vivina und Rick mit einer Hunde-Madame in das doppelstöckige Obergeschoss im Dach einziehen würden, mochten mich. Vielleicht mit nicht ganz so viel Amour wie Laura, aber das war verständlich: schließlich sorgten sich die beiden anfangs darum, ob mein Benimm ausreichen würde, meine Geschäfte außerhalb des Abenteuergartens – der an ihre schicke Terrassen-Wohnung angrenzte und den sie gekonnt pflegten – zu erledigen. Eine Skepsis, die sich bei ihnen Tag um Tag mehr legte, aber nie ganz verschwand.
Nicht unerwähnt lassen darf ich, dass Lauras Eltern eine Katze hatten; und nicht wissen konnten, wie sehr sich meine einst missmutige Meinung zu diesen schlauen Lebenskünstlern geändert hatte. Nachdem mir – wie in meinem zweitem

Bericht erwähnt – traumhaft klar geworden war, dass wir letztlich Seelenverwandte in verschiedenen Gestalten sind. Nimmt man alles zusammen, was en theorie wegen meiner Herkunft und Promenaden-Abstammung gegen mich sprach, erhebe ich noch heute meine Pfote zum Dank an Rainer und Brigitte. Und natürlich vor allem an Laura. Nicht aber an Rick und meine Gefährtin. Ja, tut mir leid, doch in dieser Dachgeschoss-Station unseres gemeinsamen Lebens war unsere Freundschaft schwer eingeschränkt. Die raren gemeinsamen Wonnestunden vom Mondaufgang durch die Nacht und danach über den ganzen Tag bis zum Sonnenuntergang konnte ich an einer Pfote abzählen. Denn viel zu oft ließen mich Rick und Vivina in der neuen Behausung alleine zurück. Das hieß: ich war einsam, eingesperrt und zum Warten verurteilt. Oftmals auf Laura, die sich meist als Erste um mich kümmerte, nachdem nicht nur Vivina sondern plötzlich auch Rick morgens zu einem Arbeitsort verschwand; angeblich, weil er dort mehr Geldscheine für seine Buchstaben bekam als an seinem Schreibtisch zuhause. In Kauf nahm er dafür meine Einsamkeit, die mich mehr und mehr traurig und müde machte. Selbst mein Appetit ließ nach – das schlechteste Zeichen überhaupt. Aber verständlich: denn raus konnte ich nicht, oder höchstens auf unsere zwar große, aber mit grauem Stein ziemlich hoch umrandete Dachterrasse. Von dort war es mir nur möglich, den Himmel zu sehen; nach unten in den Abenteuergarten – oder in die Umgebung überhaupt – war der Blick verstellt von der steinernen Brüstung. Nein, so hatte ich mir das wahrlich nicht vorgestellt mit dem Zusammenleben von uns Drei. Keiner war mehr wirklich glücklich: Vivina musste sehen, dass sie die vielen Stunden unserer Trennung irgendwie überlebte, ohne ihr leises Lächeln ganz zu verlieren. Rick konnte sich den Vorteil vieler Geldscheine einreden wie er wollte – wenn er die Buchstaben zuhause sprudeln, oder sagen wir besser tröpfeln und manchmal auch ganz versiegen ließ, hatte er immer Sonne in sich. Jetzt, wenn er spät wie meine Gefährtin in unsere Dachbehausung zurück kam, erschien er wie ein Schatten seiner selbst. Sein Gemüt war schwer und pampig wie zusammengeklumpte Nudels ohne Soße; und sein zweites Herz war in unserem einzig wahren Heim, der Villa Clochmar. Doch nur ein Herz – dazu noch schwer wie eine schwarze Wolke – das war für ihn jetzt zu wenig; und Vivina brauchte ihres für sich, um nicht ganz an ihm, an ihrem Glauben an den Lauf der Sterne und an unserer Lage zu verzweifeln. Ich verstand meine Gefährtin.

Mir ging es wie ihr. Das musste man sich in einfach mal reinschnüffeln: da hatten wir endlich in Meeresnähe ein eigenes paradiesisches Fleckchen Erde in Gestalt eines riesigen Gartens samt einem Haus drauf. Hielten uns aber meist in der Bärenstadt auf und vergeudeten unsere gemeinsame Zeit damit, uns viel zu lange nicht zu sehen, nicht miteinander zu speisen, zu lachen, und keine wahre Freude zu haben. Ein Malheur aus Melancholie, das endlich ein rasches Ende finden musste. – Wann hatte es eigentlich zuletzt Nudels mit Soße gegeben? Vor Ewigkeiten. Seit Wochen schleppten wir uns stimmungsmäßig durch Quark mit Soße. Diese Chose hatten wir nicht verdient. Es musste wieder saftiger Schinken auf den Teller, bildlich gesprochen. Denn ohne Genuss geht gar nichts; außer alles schief.

Vor dem Kamin, den Rick mit Lauras Vater Rainer in das größte der Zimmer hinein gezaubert hatte, kuschelten wir uns auf der genussvoll bequemen, um die Ecke gehende Couch aneinander. Vivina, mein Freund und ich waren uns wortlos einig: wir konnten nicht Tag um Tag fast alle Stunden voneinander getrennt sein; es musste sich etwas ändern. Eine Freundschaft braucht mehr als kurze gemeinsame Momente vor flackerndem Feuer. Denn irgendwann wärmen auch Flammen nicht mehr; oder wenn, dann nur noch das Fell und kaum noch das Herz. – Und es änderte sich etwas, allerdings nicht nur zum Guten.

Meine Gefährtin und Rick beschlossen, mich abwechselnd mitzunehmen in ihr jeweiliges Arbeits-Revier. Kein schlechter Entschluss – auf den ersten Blick. Doch allein der Weg dorthin, und erst nach Stunden wieder zurück in unser Dachgeschoss-Heim war eine einzige Zumutung – nicht nur für mich.

Bei Rick hielt sich das Drama der Arbeitsort-Fährte noch halbwegs in Grenzen: geschützt auf der Rückbank unseres Stern-Gefährts kauernd, konnte ich mit meinem Koala verfolgen, wie wir langsamer als ein kranker Wurm durch die Straßen der Stadtschluchten zuckelten. Meinem Freund blieb keine Wahl: bei dieser endlosen Blech-Lawine auf Rädern vor ihm, da hätte unser Sterngefährt schon fliegen können müssen, um voran zu kommen. Und es konnte wirklich vieles, aber vom Boden abheben war nicht drin. Jedenfalls nicht freiwillig. Denn ein solcher Abflug endet immer in einer Havarie – also versuchen Sie es bitte nie.

Wenigstens wartete am Ende dieses nervigen Stadt-Pisten Gekrieches ein geräumiger Raum auf mich, den Rick sein Büro nannte. Wir beide richteten uns zwischen den etwas kahlen Wänden miteinander ein, so gut es eben ging: meine wonnig weiche Decke kam – samt meinem Koala – neben den Schreibtisch, der mächtiger war als unsere Leckerei-Tischplatte; und blitzeblank wie eine von der Flut weiss gewaschene Muschel. Das würde nicht lange so bleiben. Wo Rick sich ausbreitete, gab es eher früher als später immer Krümel und Chaos.

Von meiner Bürodecke aus konnte ich Blickkontakt zu meinem Freund halten, damit er mir nicht entwischte. Was ihm dennoch immer wieder gelang. Um jetzt nicht ungerecht zu werden: er erklärte mir stets ausführlichst, warum ich nicht mit ihm kommen konnte, wenn er mich verließ. Mal wegen einem Fütterer, den er Chef nannte, mal wegen den gnadenlos von Blechkarossen überrudelten Straßenschluchten, die er zu Fuß – wer weiß wieso – überqueren musste. Richtig verstanden habe ich meinen Freund bei diesen Ausflüchten nie. Doch ich fügte mich, und redete mir ein, sein Büro – das Abstammungs-Ähnlichkeit mit einer Garage hatte – bewachen zu müssen. Wirklich Sinn machte das eigentlich nicht; denn Rick schloss jedes Mal die Arbeitsrevier-Glastür ab, wenn er – zugegeben für nur kurze Zeit – verschwand. Und da ich nicht raus konnte, wer hätte da rein kommen können?!

Was war nur aus mir, der einst freien, jeder Laune folgenden Provence-Madame in dieser Bärenstadt geworden – eine Wach-hündin, die nichts zu bewachen hatte. Ich verfiel ins Grübeln. Sollte dies wirklich meine vorbestimmte Sternenspur sein? Kaum, denn da hätte das Schicksal wirklich eine sehr verwirrte Stunde gehabt. Selbst kleinste himmlische Gefühle waren in dieser Art Leben für meinen Freund, meine Gefährtin und mich dünner gesät als volle Futternäpfe zur Winterszeit in meinem Heimatrevier.

Ein Glück, dass mich mein Zwillingsgefährte vor wenigen Monden bei einem unserer traumhaften Seelen-Gespräche gegen Ende noch dazu ermahnte, stets daran zu denken, dass der Himmel immer recht hat. Deshalb wusste ich nun: zu ihm, zum Himmel, da mussten wir Drei wieder hin. Das war unsere einzige Chance. Natürlich nicht zu dem über Berlin, sondern zu dem, wo wir uns getroffen hatten: dem Himmel am Meer. Denn Freunde wie Rick, Vivina und ich durften uns einfach nicht verlieren. Doch in dieser Stadt hatten wir uns innerlich schon fast verloren; jeder für sich, und alle zusammen.

Auge in Auge, umarmt von inneren Sternschnuppen, waren wir bereits viel zu lange nicht mehr zusammen. Und unser Herzschlag war aus dem einstmals gemeinsamen sonnigen Takt geraten. Jedes Herz schlug sich jetzt alleine durch. Lange konnte das nicht gut gehen. Wer einer Freundschafts-Fährte nicht folgt, der kommt niemals an. Nirgends, schon gar nicht bei sich selbst. Bitte glauben Sie mir: meine Sorgen nahmen zu, wie ich selbst seit Jahren nicht mehr. Und das will schon was heißen. Grund dafür war neben vielem anderen Übel vor allem Vivinas Arbeits-Revier; besser gesagt, der von ihr als Arbeitsweg bezeichnete Panik-Parcours dorthin. Dieser führte nämlich steil nach unten, in den Boden unter Berlin. Da war immer Nacht oder grelles Blitzgelichter, oft auch beides zugleich. Mir grauste. Ich war in eine unterirdische Welt geraten, in der sich überall der Trübsinn, und oft genug auch schon der Wahnsinn eingenistet hatte. Über den Geruch dieser Unterwelt werfe ich eine Plane des Schweigens. Besser zwei; zwei ganz dicke. Wenn überhaupt, konnte man diese unterirdische Luft nur mit verstopfter Schnauze aushalten.

Das Ritual der Route zu Vivinas Arbeits-Revier gestaltete sich abenteuerlich.

Von meiner Gefährtin an der Leine gehalten, sprangen wir zusammen in einen von Fütterern überfüllten Blech-Waggon; der gleich danach losruckelte, wackelte, viel zu hastig abraste und ständig beängstigend quietschte. Für mich steht bis heute fest: die Bodenbahn von Berlin ist ein Kampf um Leben und Tod auf Schienen. Und wer heil ankommt, hat noch lange nicht gewonnen. Denn verlässt man dieses nach Skunks riechende Tunnelbauten-Labyrinth torkelnd, aber irgendwie noch stehend und gehend, dann beginnt der lebensgefährliche Marsch durch tausend Straßen-Pisten; todesmutig vorbei an rasenden Blechschlangen auf Rädern – und manchmal mittendurch.

Ich drückte mich ganz eng an Vivina und war zum ersten Mal in meinem Leben froh, an der Leine zu sein. So konnte ich meine Gefährtin bei diesem gnadenlosen Gedränge und Gehetze wenigstens nicht verlieren.

Eine lang daher gehechelte Beschreibung von Vivinas Büro erspare ich mir und Ihnen. Sie wissen besser als ich: diese Arbeitsreviere sehen alle fast zum Verwechseln gleich aus: Tisch, Stuhl, Regal, Telefon, Blumentopf. Bonjour Büro.

Natürlich lag meine Decke samt meinem Koala auch bei meiner Gefährtin ganz in ihrer Nähe; mit freiem Blickfeld auf sie. Und naturellement musste auch Vivina immer wieder mal weg, aber dafür kamen ab und an, wenn sie wieder da war – auch mich freundlich grüßende - Fütterer herein. Das brachte wenigstens etwas Abwechslung; in Ricks Arbeitsrevier kam nur ganz selten ein Fütterer zu Besuch. Und wenn, dann ganz kurz. Trotzdem ging ich lieber mit meinem Freund ins Büro – da konnte ich in unserem Sterngefährt statt in der Berliner Bodenbahn mitfahren. Und eine bequeme Rückbank für sich ganz allein ist wirklich besser als ein Pfoten-Stehplatz zwischen Schuh-Labyrinthen mit grausigen Gerüchen.

Aber kommen wir zurück zu sonnigeren Stunden des gemeinsamen Schicksals von Rick, Vivina und mir: wir fuhren endlich mal wieder nach Hause ans Meer in unser Garten-revier samt Haus. Die Fahrt war natürlich wie immer zum Vergessen. Was zählte war die Wärme, die uns allen drei ins Herz floß, als wir ankamen und das Glück wieder atmen konnten. Ich mag zu Übertreibungen neigen - nicht nur bei meinem Gewicht. Doch die Gegend meines alten Heimatreviers, in der unsere Villa Clochmar stand, machte meinen Freund und meine Gefährtin bereits bei der Ankunft um Jahresringe jünger. Na gut: sagen wir kurz nach der Ankunft, wenn die Zauberkisten von Vivina verstaut und die endlos langen Pisten von Rick mit mehreren Ricards halbwegs verdaut waren. Aber dann war das Lächeln in ihren Seelen zurück; wie in meiner. Wurde auch Zeit, wuff.

Die Namen von allen Freundes-Fütterern – die Rick, Vivina und mich in unserer Villa Clochmar besuchen kamen – nun lückenlos aufzubellen, das überfordert leider meine Erinnerung. So richtig im Gedächtnis geblieben sind mir allerdings Chrissi, Sanne und ihr Colli Cimbo – der Ballkünstler, von dem ich Ihnen en passant bei meiner Affäre mit Max erzählt habe. Mein Freund und meine Gefährtin fanden in Chrissi und Sanne zwei wahre Herzens-Geschwister, die ihre treusten Freunde werden sollten. Des einen Traum war auch des anderen Traum: ein Zuhause hier in meinem Paradies. Ich schöpfte damals aus stets lecker gefüllten Futternäpfen die Hoffnung, dass Rick und Vivina es jetzt endlich begreifen würden: wir gehörten, wie Chrissi und Sanne, hierher und nirgends sonst. Also mussten wir – und unsere neuen Herzens-Geschwister natürlich auch – einfach dableiben. Es wäre so einfach gewesen, doch es sollte nicht sein. Im Gegenteil: Cimbo und seine

Fütterer verließen das Paradies am Meer sogar noch viel früher als wir Drei! Es gibt eben Fütterer-Fährten mit Sternenspuren, die eine Hunde-Madame wie ich nicht versteht. Wie auch – wenn das Schicksal ein einziges Rätsel ist und bleibt.

Bestens verstanden hatte ich jedoch aus leidvoller Erfahrung von früheren Kurzaufenthalten, dass keine Stunde hier in meinem Heimatrevier am Meer unausgekostet bleiben durfte. Das bedeutete: so wenig Schlaf wie nur möglich und ansonsten die Pfoten laufen lassen. Dabei durfte natürlich auch nicht eins von Vivina selbst bereiteten Menus ausgelassen werden. Das waren wahre Gaumen-Streichler. Da gab es meine Nudels mit Soße nur noch als gut gemeinte Beilage zu Steaks ohne Grenzen. Die waren wahrhaftig breiter und saftiger als mein Lieblings-Schinken. Royalistisch, first-class.

Sie sehen, ich ließ es mir gut gehen. Und machte mit Rick jeden Morgen eine Promenade runter zu dem kleinen Futter-Reservoir in Sichtweise des Meeres. Da gab es Croissants zum Träumen – und für mich immer mindestens eins als Vormahlzeit bis zum richtigen Frühstück. Stärkung muss sein, vor allem, wenn sie derart lecker schmeckt.

Der Weg, den wir beide nahmen, führte uns zunächst auf eine kleine, bereits etwas rissige Betonpiste, die ganz selten von rollenden Reifengefährten benutzt wurde. Nicht nur die Fütterer – selbst die Straßen in meinem Heimatrevier waren freier als anderswo. Ganz sicher mit ein Grund, dass niemand anderer als der kleine Polux, mein Beagle-Kumpel aus alten Zeiten, in einer der gemütlich wirkenden Behausungen an dieser gemächlich und spärlich befahrenen Piste wohnte. Sein Heim-Revier, über dessen Lage ich so lange gerätselt hatte, war nur ein paar Pfotensprünge – von mir aus nennen Sie es einen Katzensprung – von unserer Villa Clochmar entfernt! Wenn sich Schicksalskreise nicht schließen, sind es keine. Dieser war einer.

Erst konnte ich gar nicht glauben, dass er es war, der hinter dem Auffahrtstor mit den schwarzen Metall-Streben stand und mich schwanzwedelnd anfiepte. Bellen kann man die Art, wie Polux sich verständlich machte, nicht nennen. Rick staunte strahlend darüber, wie innig und herzig wir beide uns durch das Tor beschnäuzelten. Und als die Fütterin von meinem Beagle-Kumpel – freundlich lächelnd wie die Sonne am wolkenlosen Himmel – das Tor aufmachte und mich reinließ, gab es für ihn und bei mir kein Halten mehr. Wir sprangen miteinander in einen Freudentanz auf acht Pfoten. Diesen Artgenossen als Nachbarn zu haben, das war einfach fein, egal wie klein er sein mochte. Für Kumpels zählt die innere Größe. Danach bemessen war Polux ein Gigant.

Es verging kein Tag, an dem Polux und ich uns nicht gebührend unserer Freundschaft versicherten, oder den gemeinsamen Schnäuzler vergessen hätten. Wenngleich ich manchmal lange an seinem Tor stehen und ihn heraus bellen musste. Die hängenden Ohren des Kleinen waren eben auch nicht mehr die jüngsten, sondern schon etwas schlapp. Naja, vielleicht hat es auch etwas Gutes, wenn man nicht gleich alles hört. Letztlich hat er mich ja nie überhört – wenn er da war. Was nicht immer der Fall gewesen ist. Denn Polux brach tagtäglich nach seiner morgendlichen Feinschmecker-Ration zu einer bis zum Abend dauernden Promenade auf. Wohin genau, wusste nicht einmal seine Fütterin. Mich wunderte dabei nur, dass mein Beagle-Kumpel trotz seiner wirklich nicht vorteilhaften Pfotenlänge offenbar Streckenpisten überwinden konnte, die in Berlin Tage gedauert hätten; egal ob mit dem Sterngefährt oder der Boden-Bahn. Wie sonst hätte er mich unweit der Villa Penja – Sie erinnern sich – treffen können?! Der Kleine war ein ganz Großer. Vielleicht waren wir deshalb Freunde auf besondere Art. Hier, überall und für immer.

Neben diesem Schnäuzel-Ritual mit Polux - der Rick und mich selten, und nie sehr lange begleitete auf unserer Proviant-Promenade – wiederholte sich tagtäglich auch die Erbeutung der Morgen-Mahlzeit in Form dieser leckeren Croissants aus dem kleinen Futter-Reservoir, nicht weit weg vom Strand. Die Tüte für uns war schon vorgepackt und abholbereit. Hatte ich meine pfundige Pfad-Verpflegung daraus abbekommen und die fluffige Köstlichkeit verschlungen, gingen mein Freund und ich zu dem nahe gelegenen Meer.
Er genehmigte sich dort einen Glimmstengel und schwadronierte über die feingischtige Luft, die nirgends so nach Lavendel dufte wie hier. Ich konnte eigentlich nur Tabaksrauch schnuppern; hütete mich aber, Rick dies unter die Nase zu reiben. Wer wusste, wie lange wir noch hier im Paradies der Provence, also in meinem Heimatrevier bleiben würden. Da galt es, meinem Freund bei Stimmung zu halten, und sie ihm nicht zu vermiesen; sondern sie gemeinsam hochzuhalten. Apropos hoch: der Rückweg zu unserer Villa Clochmar brachte Rick immer ganz schön außer Atem. Und auch ich kam kräftig ins Hecheln. Rauf ist eben immer schwerer als runter.

Die bereits bröckelnde kleine Straßenpiste war kurz vor unserem einzig wahren Zuhause ganz schön steil, und ging in die Pfoten und Knochen. Womöglich ertappte ich mich deshalb bei dem Gedanken, ein kleines Stück Bodenbahn aus Berlin zu unserem Haus am Meer zu verlegen. Natürlich nur für den Rückweg. Und nur für uns. Außerdem mit viel Lavendelbüschen im Innenraum, damit mir nicht schlecht wurde wie bei meinen Arbeitswegen, wenn ich Vivina begleitete. Eine Bodenbahn in der Provence, die das Meer mit den sanften Hügeln drumherum verbindet, hätte vielen Fütterern manche Mühe und Zeit erspart. Aber auch die Magie der lauen Luft genommen, die sie auf den manchmal mühsamen Pfoten-Wegen genießen konnten.

Meine Gefährtin erwartete Rick und mich bei unser morgendlichen – sagen wir ehrlicherweise oft erst mittäglichen – Rückkehr an einem wahrhaft wonnig bereiteten Tisch. Der stand draußen auf der überdachten Terrasse und bot alles, was die Zunge schnalzen lässt. Bis auf Croissants. Doch die hatten wir beide ja dabei. Etwas weniger als beim Verlassen des bescheidenen Futter-Reservoirs, aber immer noch genug. Es mangelte uns an nichts, hier in meinem alten Heimatrevier und in unserer Villa Clochmar.
Auch nicht an Freundes-Fütterern, die meist mit flüssigem Proviant zu uns kamen und nach ein paar wenigen Gläsern ihr Lachen wieder entdeckten. Wahrscheinlich freuten sie sich mit Rick, Vivina und mir, dass dieses Terrain am Meer kein Gesetz kannte, außer das eine: den Genuß für Gaumen und Gemüt als Muss. Diese Gegend, mein Geburts-Revier, war einfach ein Geniestreich der Götter und ein Geschenk des Himmels.
Das leider nicht von allen gebührend geschätzt wurde. Denn immer mehr Fütterer rammten wahre Betonmonster in die einst grünen Hügel meiner Heimat – auch in der Umgebung unser Villa Clochmar. Da half es nur wenig, dass diese überirdischen Bunkerbauten mit warmen oder – wenn ich richtig gelauscht hatte – mit gedeckten Farben angepinselt wurden. Irgendwann musste mir Rick erklären, wie man Farben miteinander decken konnte. Eimer auf Eimer und dann Deckel zu, oder wie?! Eigentlich ist mir gar nicht nach Scherzen, wenn ich Ihnen von diesen verpfuschten Pracht-Protzen berichte. Ihr Anblick war kalt und ließ mich frösteln. Am besten, man sah gar nicht hin – doch letztlich blieben diese blockigen Schandflecken unübersehbar. Außer das Herz fand in sich Auswege, sie zu umgehen.

Und im innerlich Auswege suchen, um etwas zu umgehen als sei es gar nicht da, waren Vivina und ich schon bald so geübt wie Rick im sich etwas Einreden. Gemeinsam drängten wir alle dunklen Grübel-Wolken einfach aus unseren Gedanken, damit ausschließlich die heitere Sonne großzügig darin Platz hatte. Wahrlich keine leichte, aber eine machbare Übung.

Kleiner Tipp von mir: wenn Sie etwas schlichtweg nicht sehen können, schauen Sie einfach nicht hin und richten Ihren inneren Blick auf das, was schön ist oder schön war – also wenn es sein muss zurück in die Erinnerung. Das hilft; vielleicht nicht immer, aber meistens.

Zugegeben, überhaupt nicht geholfen hat mir diese Finte aus Phantasie, als meine Gefährtin und mein Freund eines Abends tatsächlich andeuteten, nach nur drei weiteren Sternen-Nächten bereits wieder die Zauberkisten packen zu wollen. Comment? Das war doch nicht zu fassen, oder? Mir jedenfalls riss es die Decke unter den Pfoten weg. Diese Ankündigung verhieß nichts Gutes; denn das hieß – mit einem wütenden Wuff ausgedrückt – Abfahrt zurück in den Alptraum schlechthin! Konnte mir mal einer klar machen, weshalb wir uns das antun wollten? Die Erklärungen von Rick und Vivina waren allenfalls halbherzig. Sie kamen nicht aus tiefster Überzeugung. Alle Gründe waren vorgeschoben, wie ein Tuch aus Worten, das man über den Spiegel hängt, der die Wahrheit zeigt. So zumindest hätte es Rick ausgedrückt bei seinem Flug über die Tasten.

Übrig blieb am Ende dieses Kehle zuschnürenden Gesprächs, dass unsere Rückreise unvermeidlich anstand. Angeblich, weil es die zum Überleben nötigen Geldscheine scheinbar nur in Berlin gab. Mir war zum Kacken, als ich das hörte. Und gleich danach zum Heulen. Denn nun war die Biege meines Schicksals-Pfades gekommen, die mich zu einer Herzens-Entscheidung zwang: wieviel wog die Freundschaft zu Rick und Vivina? War sie stark genug, den Abschied von meinem und unserem einzig wahren Heimat-Revier auszuhalten? Sollte ich ständig zwischen der Bärenstadt und dem Paradies hin- und herpendeln, oder einfach hier bleiben. Ich wusste es nicht. Doch der volle Mond stand mir bei. Sein nächtliches Strahlen wies mir den Weg.

Mit der Ausrede – sagen wir der verzeihbaren Notschwindelei – eine abendliche Promenade mit Polux machen zu wollen, machte ich mich auf zu dem moosigen Hügel, unter dem mein Zwillingsgefährte einst die Ruhe vor dem langen Weg in den Himmel gefunden hatte. Nach der tödlichen Begegnung mit den lautlosen Reifen des Lastengefährts auf Rädern. Aber das wissen Sie ja aus meinem ersten Bericht.

Geduckt, als hätte ich etwas zu verbergen, pirschte ich mich auf meinen vier Pfoten durch die vom Mond dankenswert aufgehellte Nacht. Erst musste ein nicht enden wollendes Pistenstück nach oben überwunden werden, dann ging es – hechelnd nach Atem ringend – vorbei an dem Ausguck-Rondell und danach glücklicherweise nur noch runter. En passant passierte ich das Haus der Klimper-Pianistin, deren Repertoire bestenfalls als bescheiden bezeichnet werden konnte. Sie kennen meine Meinung dazu von früher. Ein Segen, dass ihre Tasten-Kunst nicht bis zu unserer Villa Clochmar am Meer durchdrang. Selbst der bestgemeinte Dilettantismus nervt. Schnell weiter.

Und schon kam mein vergessener wilder Garten in Schnupper-nähe. Voll Ehrfurcht und banger Hoffnung fand ich blind zu dem moosigen Grabhügel meines einstmals besten Pfoten-Freunds. Würde der alte Vollmond-Zauber, der es uns erlaubte miteinander zu reden, als würde mein Zwillingsgefährte noch in meiner Welt leben, immer noch ungebrochen sein? Wie ein Versprechen des Schicksals, das stets Wort hält.

Meine ängstlichen Zweifel waren so was von unberechtigt wie die Sorge, bei Rick und Vivina auch nur einen Tag nicht wohlig satt zu werden. Was mir mein Zwillingsgefährte in dieser Vollmond-Nacht alles zu sagen hatte, kann ich Ihnen malheuresement nicht en detail in Worten darbieten. Vieles verriet er mir nur unter dem Siegel der Verschwiegenheit; und das darf ich nicht brechen. Doch eine seiner Botschaften an mich müssen Sie einfach mitgeteilt bekommen: es zählt nicht nur wie man lebt, sondern auch wie man stirbt. Und würde ich ohne Rick und Vivina in Würde gehen können, wenn meine Schicksals-Stunde gekommen war? Wohl kaum. Getrennt von meinen Freund und meiner Gefährtin würde ich meinen letzten Schnaufer einsam aushecheln – allein und verlassen wie ein Pistenköter. Mein einstiger Pfoten-Gefährte nahm keinen Knochen vor die Schnauze. Ich schluckte, und verstand. Die Sterne wollten, dass mich die Freundschaft mit Rick und Vivina bis zum Wiedersehen mit meinem Zwillingsgefährten begleitete.

So, damit ist alles gesagt, was es zu unserer schicksalhaften Freundschaft zu sagen gibt. Wir fuhren zu Dritt zurück nach Berlin. Und sollten schneller wieder in unserem wahren Zuhause sein, als von jedem von uns gedacht.

DER ZEITFRESSER

Hab' ich Ihnen eigentlich überhaupt schon erzählt, dass unsere Dachgeschoß-Behausung erst nach unzähligen Steintreppen zu erreichen war? Weisser Marmor mag schön sein für's Fütterer-Auge, für meine Gelenke war er eine stein- und beinharte Belastung. Rauf ging ja noch halbwegs, aber runter ging's eher nur beschwerlich. Da schob mein Gewicht von hinten und meine vorderen Pfoten mussten Schwerstarbeit leisten, damit ich auf den glatten Steinflächen nicht ausglitt. Diese Treppen hätten gestreut gehört wie die vereisten Fütterer-Pfade im Winter. Stattdessen wurden sie gefährlich glänzend gewischt, bis sie spiegelten. Mir fällt das alles jetzt wieder ein, weil ich bei unserer Rück-Ankunft in Berlin zum ersten Mal bereits beim Weg nach oben auf der dritten Stufe spürte: meine rechte Vorderpfote ließ nach. Vielleicht wie alles im Alter, doch irgendwie mehr als die linke; sogar viel mehr. Und dann – oben in unserer Dach-Behausung angekommen – begann auch noch das Schultergelenk auf derselben Seite unangenehm zu brennen. Es war nicht warm, es war heiß und von Fieber befallen. Das hatte mir gerade noch gefehlt. Auf drei Pfoten kann jemand wie ich nicht stehen, Treppen gehen oder gar große Sprünge machen. – Pardon, aber nun muss ich kurz abschweifen: auf dem Strand am Meer von unserer wahren Heimat, da wuselte manchmal ein pinschiger Artgenosse tatsächlich auf nur drei Beinen über den Sand. Ja, auf drei! Beim ersten Mal, als ich ihn sah, glaubte ich, was an den Augen zu haben. Doch ihm fehlte wahrhaftig die rechte Hinterpfote. Trotzdem hielt das den putzigen Kleinen nicht auf: in einer Mischung aus Hopsen wie ein junges Känguruh und mit den Vorderpfoten rudernd wie ein Hamster im Rad, kam er voran. Und das nicht gerade langsam. Wenn er wollte, überholte er sogar manch anderen Artgenossen. Wer er war, wie er hieß, wo er speiste, all das weiß ich leider bis heute nicht. Auch Unbekannte können Helden sein. Er war einer. – Möge sein Fütterer ihm ein Denkmal setzen. Zurück zu meiner Schulter. Rick und Vivina sorgten sich rührend um mich. Sie betteten meine Schlafdecken-Stätte doppelt und dreifach. Dazu boten mir beide sogar an, in ihrem Schlaflager zu ruhen. Was ich natürlich dankend ablehnte – so krank, um nun jeden Benimm zu ignorieren, war ich wirklich nicht. Meine vordere rechte Seite schmerzte eben ein wenig. Immer noch besser als die linke; denn die trägt das Herz. – Ich kann Sie beruhigen: nach ein paar Tagen war der Schmerz fast ganz verschwunden; wie ein Brand, dessen böse Flammen gelöscht sind, wenngleich noch etwas Glut glimmt.

In meiner Erholungs-Periode, die mir mit a la carte Menus vom Allerfeinsten veredelt wurde, machten wir Drei pro Tag nur eine kurze Promenade in den glücklicherweise nahe stehenden Wald. Sie wissen schon wofür. Ich kann bis heute nicht erklären, weshalb mir dieses mächtig dichte Baumrevier, das zu Pfotengängen einlud, irgendwie am Hintern vorbei ging. Wald ist nicht gleich Wald, auch wenn in jedem Bäume stehen. Dieser war nicht für mich gemacht; er war einfach nicht meiner, er war finster. Trotzdem wäre es mir lieber gewesen, wenn Rick und Vivina ihre Büros zwischen seinen Zweigen, statt mitten in der Bärenstadt gehabt hätten. So ging nun nämlich wieder die Stehplatz-Hatz in der Boden-Bahn oder die zeitraubende Zuckelei auf den Betonpisten von vorne los. Mal mit meinem Freund im Sterngefährt, mal an der lebensrettenden Leine meiner Gefährtin.

Passiert ist in diesen Berliner Tagen und Nächten, die nur eine Brücke aus kriechender Zeit waren, bis es wieder nach Hause ans Meer ging, eigentlich nichts. Mit einer Ausnahme: fast wäre meine Geschichte als Clochmar auf Erden an einer dreifährtigen Straßenpisten-Kreuzung zu Ende gegangen. Doch ein kleines Rudel uniformierter Fütterer wurde zu meinem Freund und Helfer. Ohne sie hätte ich meine Verfolgung von Rick wohl nicht überlebt. Moment, fangen wir vorne an, damit Sie mir folgen können: das ganze Unheil nahm seinen Pfotenlauf, als mein Freund das erste und einzige Mal vergaß, die Glastür von seinem Büro abzuschließen, als er raus ging. Das war meine Chance, dachte ich; dabei war es beinahe mein Untergang. Wäre es nicht gerade mittägliche Essensfass-Zeit gewesen, als Rick mich mal wieder verlassen wollte – wer weiß, ob ich mich aufgerafft hätte, die Klinke der Glastür zu bearbeiten. So lange, bis sie aufging. Und lautstark hinter mir zuschlug, kaum dass ich – mit halbwegs heilem Fell – durch den offenen Spalt geschlüpft bin. Ein Zurück gab es nun nicht mehr, also raus auf die erstbeste Piste. Wo war Rick?

Ich schnupperte in die grau dampfende Berliner Luft. Endlich konnte ihn meine Schnauze mit einiger Mühe wittern und kurz danach hatte ich meinen Freund erpeilt, obwohl Horden von anderen Fütterern und lange Blechschlangen auf Rädern ständig mein Blickfeld zu ihm kreuzten. Aber ich ließ Rick nicht mehr aus den Augen.

Er marschierte – für seine Verhältnisse recht flott – auf einen winzigen Proviant-Stand zu, durch dessen Fenster man eine sich drehende, lecker tropfende Fleisch-Pyramide erkennen konnte. Die duftete bis zu mir. Dabei war ich von Rick noch so weit entfernt, wie einst beim Sandrennen im Kreis von jedem führenden Artgenossen – ehe Max eingriff. Verharmlost ausgedrückt: ein gutes Stück. Als ich mich meinem Freund – zwischen fremden Füttererbeinen hindurch – auf Bellweite genähert hatte, da trennte uns beide nur noch eine vielfährtige Piste; über die meine Feinde, die verrückten Rädermonster rasten. Wieso krochen die nicht im Schneckentempo dahin wie Rick und ich bei dem Weg zur Arbeit? Wahrscheinlich wollten sie alle ans Meer statt ins Büro. Und da beeilt man sich dann schon mal. Wo war ich stehen geblieben? Genau, am Rand dieser für mich unüberwindbaren Piste. Es ging einfach keinen Pfoten-Satz weiter, hin zu meinem Freund und dieser schmatzigen Tropf-Fleisch Pyramide. Das wäre Selbstmord gewesen – und das aus Hunger. Aber leider kennt ein von der Schnauze und dem Auge angeregter Appetit kein Gebot und keine Gefahr. Nur so ist zu erklären, dass ich alle Angst vergaß, als Rick aus dem Proviant-Stand keinen Bissen von der Fleisch-Pyramide mitnahm. Das Beste hatte er vergessen! Was war nur in seinem Kopf los?! Ihm – und natürlich auch mir – musste geholfen werden. Ohne auch nur kurz Nachzudenken hob ich meine linke Pfote wie der steinerne Bär zum Stopp-Zeichen an die rollende Blechlawine, und machte todesmutig meinen ersten Schritt auf's feindliche Pisten-Revier. Und schon quietschte es, lauter und schriller als in der Bodenbahn. Zu Tode erschrocken sah ich mich zur Seite um: kreuz und quer, schräg und schief stand sie bewegungslos da, die kurz zuvor noch irrsinnig dahin gehetzte Meute heulender Blechkarossen auf Rädern. Aus dem Bug mancher der jetzt ruhenden Reifen-Gefährte keuchte es dampfend; fast so wie aus unserem Sterngefährt, wenn Rick ihm auf den Fahrten in mein Revier einheizte wie einem Kamin. Die aussteigenden Fahrer drohten mir mit Gesten, die grausig anmuteten; und kläfften dabei wie eine Horde Kojoten, die sich bisswütig um einen Kadaver zanken.

Tja, und dann war die Katastrophe nicht mehr aufzuhalten. Jedenfalls nicht von mir. Und mein Freund war längst aus meinem Blickfeld verschwunden, ohne dass er mich gesehen hätte. In Berlin schaut eben jeder nur auf sich selbst, um zu überleben. Also konnte auch Rick nicht helfen, als eine kleine Schar uniformierter Fütterer mit einem geknüpften Fangnetz auf mich zukam. Näher und näher, zum Wurf des Netzes entschlossen wie Fischer, die sich eine fette Beute nicht entgehen lassen wollen. Die zusammengeknoteten Schlingen flogen über mich, und jeder Befreiungsversuch von mir endete mit einem Desaster: ich verfing mich immer mehr in den nicht zu durchbeißenden Fesseln.

Eingeschnürt wie ein lebendes Paket trugen mich die uniformierten Fütterer in ihr Büro, schleppten sich mit mir treppabwärts bis zu einer Eisentür, befreiten mich von dem Fangnetz und schubsten meinen zitternden Körper hinein in ein fensterloses Verließ. Die Kerkertür schlug nicht nur hinter mir zu, sondern wurde auch noch – grausig knallend – von außen verriegelt. Mein Herz vergaß fast zu schlagen: aus dieser Grabkammer gab es kein Entkommen. Niemals zuvor war so viel dunkle Nacht um mich gewesen. An den grob gemauerten Wänden meiner Zelle schimmelte der Geruch von Artgenossen, die vor mir hier hinein geraten waren. Die Frage, wo sie abgeblieben waren, ließ mich frieren und schaudern. So weit hatte ich es also gebracht mit meinem Glauben an eine Freundschaft, die keine Grenzen kennt: bis in ein lichtloses Keller-Kabuff. Sollte dieses schwarze Loch das Ende sein, das mir von meiner Sternenspur bestimmt war? Non, und nochmals non. Das alles musste ein missratener Streich des Schicksals sein, vielleicht als Strafe für die vielen Katzen-Futternäpfe, in die ich einst hinein gepiselt hatte. Oder war es einfach nur ein Irrtum des Himmels, obwohl der sich ja eigentlich nie irrt?

Die Antwort ließ nicht lange auf sich warten, und kam in Gestalt von Rick. Bevor ich ihn sehen konnte, erkannten meine von Hoffnung gespitzten Lauscher seine Stimme. Dann ging auch schon die Grabkammer-Tür auf, und er nahm mich in Empfang und mit nach Hause. Ein Freund bleibt eben ein Freund, auch wenn man mal im Knast sitzt.

Meine Befreiung war gar nicht so einfach, wie ich später bei einem Gespräch zwischen Rick und Vivina mitbekam. Denn in Berlin braucht jeder Rüde und auch jede Hunde-Madame eine sogenannte Marke. Ich hatte grademal ein locker sitzendes Stoff-Halsband um den Nacken. Das mich schmückte, denn es war blau wie das Meer an guten Tagen. Einen solchen hatte auch mein Freund bei der Befreiung von mir erwischt. Denn er gab auf Fragen der uniformierten Fütterer an, dass ich eine Marke sei, und deshalb keine brauche.

Meine Gefährtin schüttelte sich vor Lachen. Nicht leise und weise wie sonst, sondern ungehemmt erleichtert. Das stand ihr – da war sie ganz eine Madame Royale, die keine Etikette nötig hat. Rick war Monsieur und ehrlich genug, ihr zu gestehen, dass er sich das mit diesem markigen Spruch erst traute, nachdem er einen Geldschein in der Kaffee-Kasse des

Büro-Reviers der Uniform-Fütterer hinterlegt hatte. Einen ziemlich großen.

Leider blieb mein unfreiwilliges Knast-Abenteuer nicht ohne Folgen für meine davor schon angeschlagene Schulter. Wenn Sie mit einem Netz eingefangen werden, machen Sie alles, nur keine natürlichen Bewegungen mehr. Dabei kann ich nicht mal behaupten, dass meine Fänger und Retter grob gewesen wären. Doch da ich mich wehrte, so schlecht es eben ging, hatte meine gerade ausgeheilte Schulter manchmal verdammt harten Bodenkontakt. Und begann jetzt – auf der weichen Couch bei Rick und Vivina – wieder zu brennen, leider bis runter zur Pfote. Selbst die besten Pasta Paradiso Nudels mit Soße, die mir je in meinem Napf aufgetischt wurden, änderten daran nichts. Dieser pochende Schmerz war nicht mehr zu betäuben; nicht mit Worten, nicht mit Liebe, nicht von uns allen zusammen. Meine Schulter brauchte Hilfe, die wir Drei ihr nicht geben konnten.

Und so begann das in den Sternen stehende finale grande meiner Schicksals-Spur mit einem Besuch von Rick und mir bei einem ganz in weiss gekleideten Fütterer. Seinen zweiten Namen habe ich vergessen, doch mit Vornamen hieß er Doktor; nennen wir ihn einfach Doktor Blanc, denn Farben lügen nicht. Rick umarmte mich wie nur ein Freund es kann, und verriet mir, dass ich nun gleich schlafen werde und danach ein Foto von meiner Schulter gemacht werde. Dann piekste was in meinen Hintern, und alles um mich herum begann zu schwimmen. Ich versank in einer mich matt und platt machenden Müdigkeit. Der Schlaf, der keinen Schmerz mehr kennt, war zu mir gekommen. Bonne nuit Clochmar.

Als ich, von Rick zurück ins Leben gestreichelt, wieder zu mir kam, lag ein großes Foto neben ihm, mit mehr schwarz als weiss. Farben – na Sie wissen schon. Doch mein Freund belog mich – aus Liebe und im Namen unserer Freundschaft, wie ich heute weiß. Er erklärte mir nämlich, dass dies ein Foto von meiner Schulter sei, das beweise, dass ich mit genug Wärme und ohne Treppen bald wieder gesund sein müsste. Den Rest seines Schmerzes schluckte er wortlos herunter. Was war los mit Rick? Begriff er denn nicht, dass meine kranke Schulter die Chance war, endlich das Richtige zu tun, und miteinander in meiner alten Heimat zu leben? Sonnige Wärme und keine Treppen, sondern bestenfalls ein paar Stufen – die gab es doch nur in unserer Villa Clochmar am Meer. Also los.

Vivina stand ganz auf meiner Seite, wie sonst nur der volle Mond in klaren, lauen Nächten. Sie verstand, dass ich besser heute als morgen nach Hause musste, zum Himmel über dem Meer. Dort war unsere Freundschaft geboren, da waren wir daheim. Von meiner Gefährtin darin bestärkt, dass jeder weitere Tag hier in Berlin ein verlorener Tag sei, brachen Rick und ich bereits am nächsten Morgen in unserem Sterngefährt auf; wir fuhren nicht, wir flogen auf Rädern zu meinem Heimatrevier, zur Villa Clochmar – also ins Paradies. Vivina wollte schon bald nachkommen, sobald geklärt war, dass Rick nie wieder in ein Büro gehen würde, außer in sein eigenes. Und sie selbst endlich über Wochen dauernde Arbeitsort-Pausen bekam, um überhaupt mal wieder zu sich finden zu können. Ich sage Ihnen: selten finden sich Fütterer in ihrem sogenannten Job – die meisten verlieren sich, auch wenn sie für andere wie Gagneure dastehen, also wie Gewinner oder Sieger. Mit ihnen selbst hat das oft nichts mehr zu tun. – Aber was halte ich mich und Sie mit dieser Pfoten-Philosophie auf. Gedanken machen musste ich mir vor allem über den schmerzenden Brand in meiner Schulter. So bequem die Rückbank unseres Sterngefährts auch war, für kranke Gelenke war sie nicht gebaut. Da konnte ich mich drehen und wenden wie ich wollte. Die stechende Hitze blieb in meinen Knochen wie ein heißer Wüstenwind, der wütet, statt abzuflachen.

Der Schmerz legte sich erst ein wenig, als wir zwischen dem wuchernden Grün die Auffahrt zu unserem Heim, der Villa Clochmar, hoch fuhren. Endlich wieder zuhause. Da ging's mir und meiner Schulter doch gleich grundlos besser. Wunder gibt es eben nur sonntags oder im Paradies. Gut, dass wir zu ihm zurückgekehrt waren. Rick behauptete sogar, dass er und ich niemals mehr zusammen von hier wegfahren würden. Erst später wurde mir und ihm klar, was das bedeutete. Zunächst regierte in uns beiden die ausgelassene Freude am miteinander Spaß haben.
Und als Vivina schneller als erwartet auftauchte, da glänzte der Ring unserer Freundschaft so strahlend wie unsere Augen und diese ganz eigene innere Sonne im Herz, die nie untergeht.

Es begann eine Zeit, in der kein Augenblick vergeudet war. Wir Drei konnten jeden Tag und alle Nächte miteinander teilen und genießen. Getragen wurde unsere Freundschaft auch von Fütterer-Freunden, die Rick und Vivina besuchen kamen, oder die wir am Strand trafen. Sie mochten mich alle.

Ich mochte Günther am liebsten. Nicht nur, weil er der Fütterer von Asta, einer kleinen, aber spitzen Artgenossin war. Die Kleine mit dem weißen Fell, das manchmal grau gesträhnt war, wurde meine Freundin. Doch auch ohne sie hätte ich Günther in mein Herz geschlossen: er war ein wahrer Gagneur; mit mehr Würde als jeder Würdenträger, wie Rick immer sagte. Günther hatte praktisch nichts; also kein Zuhause, keinen Garten, nur ein kleines Gefährt mit zwei Reifen – aber er hatte Ahnung. Er konnte den Wind und den Regen wittern und mit dem Meer reden, bis er es verstand. Der Fütterer Günther sah mit einem Blick in das Herz eines jeden Hundes und jeder Hunde-Madame. Auch in meins; doch er behielt für sich, was er sah.

Günther begann, zusammen mit Rick eine Lichtung in unseren langsam zum Dschungel werdenden Garten zu schlagen. Ziemlich weit oberhalb unseres kleinen Heims, auf einem Boden-Terrain, das so schräg war wie die meisten Gedanken von meinem Freund, wenn er zuviel genuckelt hatte. Auch Günther hatte ganz schön Durst. Die beiden brauchten sich nichts vorzumachen. Da wusste der eine vom anderen: manche Wunden im Leben werden zu Narben, die nur mit Nuckel-wasser auszuhalten sind, und dennoch nicht verheilen.

Die Spitz-Madame Asta und ich lagen wachend in Sprungweite, als sich die Sägeblätter von meinem Freund und ihrem Fütterer-Gagneur in die Holzstämme drückten. Wir beide mussten aufpassen wie Schießhunde: als hätten sie Macheten in den Händen und wären Piraten, fuchtelten und wuchteten Rick und Günther in dem dornenreichen Dickicht zwischen den Buschbäumen herum. Das konnte sowohl ins Auge, als auch in die Beine gehen. Und die brauchten beide noch. Nicht nur wegen den Promenaden mit uns. Wobei mir Asta, meine schneeflockige Spitz-Freundin bei einem gemeinsamen Schlemmer-Menu verriet, dass Günther und sie noch nie zusammen eine Gelände-Erkundung gemacht hatten. Ihre Geschäfte machte sie alleine, ohne dass er es mitbekam, und ansonsten lief meine neue Pfoten-Gefährtin einfach immer mit, egal wohin Günther ging. Meist zog es ihn in eine Kirche. So nannte dieser Gagneur die Nuckel-Proviant Buden, die ganz vorne am Strand kühle Flüssigkeiten für trockene Kehlen feilboten. Wahre Oasen für Fütterer mit viel Durst. Den meisten hatte Günther, knapp gefolgt von Rick. Auch beim Sägen, wie Asta und ich besorgt beobachteten. Denn ob die beiden wirklich noch gepeilt hatten, dass einer der mimosenhaften Bäume keinen Pfotensprung weit von dem Dach unserer Villa Clochmar nieder rauschen würde, war eher unwahrscheinlich und einfach nur Glück. Sonst hätten Rick und Günther nicht nur diesen Stamm, sondern auch unser Haus gefällt. Ich will jetzt nicht ungerecht sein: selbst nüchtern betrachtet mussten für unsere neue Lichtung schon einige Bäume, Sträucher und haufenweise Dornen-Gestrüppe weichen, was nicht wirklich zu bedauern war: wir hatten noch genug davon überall auf unserem Villa Clochmar-Revier stehen. An Grün mangelte es wahrlich nicht.

Auch sonst konnten Rick, Vivina und ich uns nicht beklagen: der Himmel strahlte, und wir schlossen uns ihm an. Für mich hielt jeder Tag ein Geschenk bereit, als ob ständig Weihnachten wäre. Ich hatte die Auswahl zwischen Menus, die meine Gefährtin mir anbot, und ich konnte so viele Promenaden mit Rick machen, wie ich wollte. Ein kurzer Wuffer von mir – und mein Freund stand parat. Völlig egal, wieviel er schon wieder genuckelt hatte; sein Bauch musste manchmal bereits flaschenförmig sein. Aber Rick kam immer mit. Egal ob hoch zum Ausblick-Rondell, oder runter ans Meer. Ich konnte hin, wo ich wollte und war nie allein. Im Gegenteil; wie schon erwähnt, bestaunten viele Fütterer-Freunde unser Garten-Revier samt Haus drauf. Stellvertretend für alle, ob sie nun Joe und Dorit, Gudrun, Ute und Rolf oder sonstwie hießen, möchte ich Ihnen die Geschichte mit dem Zwillings-Gefährten von Rick erzählen. Denn eines Morgens, als Vivina wie üblich noch den Schlaf genoss, knatterte ein junger Fütterer namens Gerrit mit seinem Zweirad-Gefährt die Auffahrt hoch. Das war der Beginn einer großen Freundschaft zwischen Rick, mir und ihm. Für meinen Freund wurde Gerrit zum jüngeren Bruder, und für mich zum Fütterer-Vorbild für alle.

Der Junge war ein Nachwuchs-Gagneur, eine vom Schicksal zum Sieg bestimmte Seele. Sein Herz schlug provencalisch. Bis heute verwette ich einen vollen Napf Nudels mit Soße: er wird der Erste sein, der dieses Revier am Meer wegen Geld-scheinen nicht mehr verlässt; sondern sie einfach hier an Land zieht. Wenn er seiner Sternenspur folgt.

Doch erst einmal musste er schon gleich nach seiner Ankunft seinem großen – sagen wir älteren – Zwillingsgefährten Rick nach oben in die Lichtung folgen. Da hieß es für mich natürlich: Obacht und die Lauscher gespitzt. Was hatte mein Freund vor? Auf leisen Pfoten folgte ich ihm und Gerrit ganz rauf auf das schräge Lichtungs-Terrain. – Versuchen Sie nun bitte erst gar nicht, zu erraten, was die beiden sich zusammen ausdachten. Denn unglublicherweise plante Rick – gemeinsam mit Gerrit – eine mehrere Sprünge lange und schön breite Sandpiste für mich zu bauen; umrahmt von knochenharten Balken; so schwer und belastbar, dass sie eine Berliner Bodenbahn hätten tragen können. Na das war doch mal die Idee für eine wirklich brauchbare Piste! Da konnte ich mir dann aussuchen, in welcher sandigen Ecke ich meine Geschäfte erledigen wollte. Dachte ich. Stattdessen wurde dieses Terrain später zu Rick und Gerrits sandigem Heiligtum, auf dem sie eiserne Kugeln hin- und herwarfen. Wozu, das wusste ich nicht. Aber mit Bällen, und mögen sie noch so klein sein, habe ich es ja noch nie gehabt. Cimbo hätte wahrscheinlich mitgespielt; und gewonnen.

Die mir verbotene Benutzung dieser sogenannten Boule-Bahn sollte aber auch die einzige Enttäuschung für mich bleiben, an der Gerrit beteiligt war. Gut, wir wollen jetzt nicht übertreiben: es blieb die einzige Enttäuschung überhaupt, seit Rick, Vivina und ich hier in unserer wahren Heimat wieder vereint waren. Wir lebten miteinander, als sei es für immer. Wenn ich ein wenig wehmütig zurück blinzele, dann erscheint mir diese nur von Gefühlen bestimmte Zeit unserer Freundschaft als eine gemeinsame Schicksals-Fährte in der Ewigkeit, die nie vergeht, weil sie in den Sternen lebt. Unsere Herzen umarmten einander.

Und alle Freundes-Fütterer umarmten einander bei Ricks Geburtstags-Fest, zu dem auch sein Bruder Gerard gekommen war. Zum Glück, denn der konnte grillen, dass jede Grille allein vom Duft – vielleicht auch vom Rauch – das nervige Zirpen vergaß. Ich hielt naturellement den angebrachten Benimm-Abstand zu dem Außenherd aus glimmender Kohle, den Ricks Bruder beherrschte, als sei er dafür geboren. Er vergaß mich dankenswerterweise nie: bei jeder Fleisch-Auflage für die versammelten Fütterer bekam auch ich ein saftiges Steak-Leckerli ab; wenn es ein wenig abgekühlt, aber noch angenehm lauwarm war. Ohne Vivina jetzt zu nahe treten zu wollen, obwohl wir beide eh Seele an Seele beieinander standen und stehen: Gerards Grill-Kunst hatte alle Sterne des Firmaments verdient. Manche Dinge kann man nicht lernen, sondern nur himmlisch beherrschen.

Ricks Jahresring-Tag wurde abends zu einem Fest aus Fröhlichkeit, feurigen Flammen und Gesang. Alle feierten ihn, meine Gefährtin, sich, mich und unsere Villa Clochmar. Und wenn die Schar der Fütterer im Schein des Mondes sang, dann sank ich darnieder auf dem nächstgelegenen, wohlig, wonnig und weich gepolsterten Platz, den ich fand. Rick und Vivinas Freundes-Fütterer hatten – wie die beiden selbst auch – in solchen Gesangs- Momenten das Strahlen der Sonne in ihren Seelen und Kehlen; nicht ganz wolkenlos, was die gemeinsame Melodie-Fährte anging. Aber sie waren in diesen Augenblicken vereint wie ein Schwarm von Federfliegern, der vielleicht schon morgen weiterzieht und dennoch jetzt und hier darauf pfeift, wohin es gehen wird.

Bei soviel Liebe verebbte der Schmerz in meiner Schulter mehr und mehr – bis er ganz verschwand. Dafür begann nun die hintere Hälfte meines Körpers zu schwächeln. Erst leicht, als wäre das Alter in meinen Hinterpfoten-Muskeln spürbar ungeduldig auf dem Vormarsch; dann wurden meine Schwäche-Anfälle bei jeder Steigung und jedem Gefälle immer stärker, und schließlich nahm das Malheur seinen Lauf. Unaufhaltbar. Jede Stufe wurde zur Treppe. Und jede Treppe zur Qual. Ich hatte den Zeitfresser in mir.

Was soll ich Ihnen sagen, ohne zu schwafeln wie ein heulender Schlosshund. Machen wir es kurz: der Zeitfresser, der verändert einfach alles. Nichts ist mehr, wie es einmal war. Weil keiner weiß, wie viele Körner in dieser schwarzen Sanduhr des Schicksals darauf warten, davon zu rinnen. Nur eins ist sicher: nach dem letzten Körnchen geht die eigene innere Sonne dieses Lebens unter, um woanders wieder aufzugehen.

Rick und Vivina brauchte ich nichts vorzumachen. Sie wussten längst – bereits vor der Fahrt hierher in unser Paradies – wie es um mich stand. Das ist jetzt keine Unterstellung oder Vermutung, sondern die Wahrheit, die meine Gefährtin mir beichtete. Rick wollte sich mit meinem vorbestimmten, bevorstehenden Abschied aus diesem Leben natürlich mal wieder nicht abfinden. Er redete sich ein, dass man einfach an Wunder glauben müsse, damit es sie gibt. Da hatte er nicht ganz Unrecht. Doch das Wunder war bereits geschehen – in Form unserer Freundschaft. Und noch eins gab es nicht. Nicht einmal für Rick, Vivina und mich. Leider. Ich hoffte inständig darauf, dass mir mein Zwillingsgefährte erklären konnte, warum. Doch dazu sollte es nicht mehr kommen. Jedenfalls nicht in diesem Leben.

DER LETZTE HIMMEL

Als sich der volle Mond über unserer Villa Clochmar zwischen den Bäumen in die Nacht erhob, rappelte ich mich von meiner Couch auf. Nichts wie raus auf die Terrasse, um besser in den Himmel spicken zu können. Mein nächtlicher Planetenfreund strahlte in diesem ihm eigenen Licht, das einer von innen glühenden Orange glich, rundum erhaben zwischen den Sternen. Wie eine Krone ohne Zacken. Und er ließ das Meer glitzern, als flackerten unter den sanften Wellen kleine Kerzen, die den Booten als leuchtende Boten den Weg wiesen. Mir war klar: viele solcher Vollmonde würde es für mich nicht mehr geben. Um ehrlich zu sein – ich ahnte damals schon, dass es mein letzter sein würde. Wenn ich also Antworten darauf wollte, weshalb der Zeitfresser ausgerechnet mich angefallen hatte, gab es nun wirklich nur eins: meine schwach gewordenen Gelenke mussten mich noch einmal bis hoch zu dem Ausguck-Rondell tragen, dann die kurvige Piste runter bis zu dem moosigen Grabhügel meines Zwillingsgefährten irgendwie durchhalten, – ja und mich danach auch wieder zurück nach Hause bringen. Und das alles heute Nacht oder nie. Denn nur bei vollem Mond konnte ich ihn von seinem erdigen Hügel aus oben im Nachthimmel erreichen. Ob meine Pfoten diese beschwerliche Fährte ein letztes Mal schaffen würden? Den Versuch war es allemal wert. Wer keine Wahl hat, kann schließlich auch das Unmögliche wagen.

Rick und Vivina spürten, dass etwas Besonderes bevor stand, als ich mich ohne einen Wuffer der Erklärung unsere Auffahrt hinunter schleppte; ganz langsam, Pfote für Pfote, um die leicht eingeschlafenen Schmerzen in meiner hinteren Hälfte nicht zu sehr zu wecken.

Wortlos begleitet von meinem Freund und meiner Gefährtin, die mich mit schweren Herzen und traurigen Gedanken die steile, im Mondlicht schimmernde Piste nach oben schoben, gab ich mein Letztes und Bestes. Es sollte nicht genug sein. Denn als wir Drei nach einer kleinen Ewigkeit das Ausguck-Rondell erreicht hatten, war Ende, aus, und genug. Natürlich hätte ich noch weiter gewollt, doch ich konnte einfach nicht mehr. Der Zeitfresser war von hinten schon zu weit voran gekommen, fast bis an meine Vorderpfoten; die sich tapfer, aber letztlich vergeblich gegen ihn wehrten. Wie hatte mein jetzt und hier unerreichbarer Zwillingsgefährte mir in einem unserer Himmels-Gespräche vor nicht allzu langer Zeit gesagt: wer in seinem Leben nicht kämpft, hat schon verloren. Und wer kämpft, kann trotzdem verlieren. – Musste er denn immer Recht haben?

Offenbar schon, denn ich hatte gekämpft, Seite an Seite zusammen mit Rick und Vivina, im Namen unserer Freundschaft. Trotzdem würden wir gegen meinen Zeitfresser verlieren. Früher als uns lieb war. Denn bis hoch auf das Ausblick-Rondell hatte ich meinen Muskeln Mut einreden können, doch nun konnten sie nicht mehr. Ihre Kraft musste den Krämpfen weichen. Nur einen Pfotenschritt weiter, und ich würde einknicken wie ein zu dünner Lavendel-Busch, der vor dem Mistral in die Knie geht. – Ich hoffe, Sie gestatten mir diesen etwas hinkenden Vergleich. Aber ein einziges Mal wollte ich in meiner Geschichte auch das Wort dünn im Zusammenhang mit mir erwähnen, hihi.

Zurück zu den traurigen Tatsachen. Bereits fast zu müde zum Hecheln und erschöpft wie ein leerer Brunnen, gönnte ich mir gezwungenermaßen eine Promenaden-Pause auf dem Kiesel-Bett des Rondells. Und sah nach oben in den Nachthimmel. Was stand da in den Sternen, die meine Schicksalsfährte kannten, über den Zeitfresser in mir? Mein Zwillingsgefährte hätte es gewusst, da er stets alles wusste. Aber sein Hügel und er blieben in diesen Stunden des prächtig vollen Mondes leider nicht greifbar für mich. Wie die Antwort auf die Frage aller Fragen: weshalb ich. Quelle malheur. Denn somit war klar – ich musste alleine durch diese letzte, eher schmerzhafte Strecke in meinem Leben hier auf Erden. Ohne den Rat von oben; und so blieb mir nur das grübelnde Raten nach dem Warum. Samt vielen fragenden – aber ohne Antwort bleibenden – Blicken hinauf in den schweigend strahlenden Nachthimmel.

Vielleicht kennen Sie das: wenn einem jeder Schritt weh tut, wird man ungerecht, wie ich gerade. Denn alleine oder gar einsam ging ich nicht auf das letzte Korn in meiner Sanduhr zu. Im Gegenteil. Rick und Vivina waren rührend besorgt an meiner Seite. Während er von dem Rondell nach unten rannte, um mich wie ein mitleidender Chauffeur abzuholen, blieb meine Gefährtin bei mir. Warme Regentropfen fielen aus ihren Augen auf mein Fell bis auf meine Haut, während sie mich – in dieser Nacht ohne Antworten aber viel Trauer – umarmt hielt. Als mein Freund mit unserem Stern-Gefährt angerollt kam und mir die hintere Tür öffnete, schaffte ich es nicht mehr alleine in das Wagen-Innere. Rick und Vivina hoben mich hinein. Das war der untrügliche Anfang vom kommenden Ende. Ich sollte den Einstieg nie mehr alleine schaffen; und trotzdem noch einige Promenaden-Fahrten vor mir haben.

Denn die Tage danach war meine Sehnsucht nach dem Meer größer als mein Hunger. Oder zumindest nicht viel kleiner. Ich spürte, dass mir nicht mehr viel Zeit blieb bei dem Wettlauf mit der Schicksals-Sanduhr. Meine letzten Lebenskörner sammelten sich in meinen Vorderpfoten. Und hatten meine vorderen Krallen nach mehrmaligen Abrutschern mit allerletzter Kraft die Rückbank unseres Stern-Gefährts irgendwie erklommen, hievten Rick und Vivina mit viel Liebe meine hintere Hälfte hinterher; immer wenn wir an den Strand aufbrachen. Und da wollte ich jetzt oft hin. Der warme, geschmeidige Sand und der weite Blick auf's Meer taten meiner Seele und dem Rest von mir im Körper gut. Manchmal vergaß ich sogar meine rücklings ankriechenden Schmerzen, wenn ich mich nicht bewegte, sondern in meiner selbst gebuddelten Strand-Kuhle liegen blieb. Es stimmt schon: in der Ruhe liegt die Kraft, selbst wenn man keine mehr hat.

Nur ganz gemächlich meinen Kopf drehend, lugte ich im Liegen in meine Lieblings-Landschaft. Und mit meinem inneren Auge zurück in die Vergangenheit. – Bitte glauben Sie mir das jetzt einfach: Sie sehen alles mit anderen Augen, wenn es das letzte Mal sein kann. Ob sie wollen oder nicht.

Natürlich musste es eine tröstende Täuschung meiner Sinne sein, doch ich sah mich wirklich noch einmal mit Rick und Vivina an den Strand kommen: frei von jeder Angst oder Sorge, lachend, strahlend, zuversichtlich – wie damals vor vielen Monden, beim ersten Mal am Meer, bei der Ankunft im Sand des Wunderlandes unserer vom Schicksal geborenen Freundschaft. Zu diesen Erinnerungen erschnupperte ich den angenehm salzigen Geschmack der vom Meer angespülten weissen Gischt, als hätte sich meine Schnauze diesen Genuß aus schaumigem Duft noch nie in die Nase gezogen. Die züngelnd anfließenden Wellen rochen nach deftig herben Kräutern, wie es sie wohl nur im Himmel gibt, wenn die Götter bei ihren Speisen nachwürzen.

Bestens gebettet auf dem Sandboden, musste ich Schmunzeln bei der in mir aufstehenden Erinnerung an die erste gemeinsame Balgerei mit meinem Freund in den sanft hügeligen Dünen. Rick rollte und trollte sich damals mit mir durch den warmen, wie eine Decke nachgebenden Sandflaum-Teppich. Vivina stand bei jeder willkommenen Strandhürde daneben, um aufzupassen, dass wir es mit unserem Übermut nicht übertrieben. Und strahlte dabei, als hätten es sich ein paar Sonnenstrahlen in ihren meeresblauen Augen heimelig gemacht. Das war ein Spaß, bei dem jede Zeit still stand; darauf noch heute ein dreifaches Wuff!

Ein leises Bellen muss mir auch damals – bei dieser Träumerei zurück an den Beginn unserer Freundschaft – wirklich und wahrhaftig aus der Kehle gerutscht sein. Denn besorgt blickend wie Geschwister, die sich um ihre kranke Seelen-Schwester sorgen, scharten sich alle meine Begleiter auf dem letzten Stück der mir bestimmten Schicksals-Fährte um mich. Zuerst natürlich mein Freund und meine Gefährtin, doch gleich danach auch Asta samt Nessie und Bonnie. Pardon, die beiden letzten Artgenossinnen von mir können Sie ja noch gar nicht kennen. Als Entschuldigung kann ich nur bei Nudels mit Soße schwören, dass diese zwei kurzen, edlen und rassigen Scotchs auch mir erst verspätet über meinen Pfotenweg gelaufen sind. Nämlich beim alltäglichen Abschied-Nehmen von meinem Leben als Clochmar unten am Meeres-Strand meines Heimat-Reviers. Da trafen sich unsere Fährten. Früher wäre schöner gewesen. Doch manches kann man sich eben nicht aussuchen. Und so war es einfach für alles, was wir miteinander hätten unternehmen können, bereits schon zu spät. Denn eine kleine Promenade oder gar eine weite Pirsch lag pfotenmäßig einfach nicht mehr drin. Wegen mir und meinem Zeitfresser. Freunde wurden wir trotzdem, da Blicke glücklicherweise merci sagen können. Und wann immer ich Nessie ansah – aus Dankbarkeit für ihr stetes, wachsames Auge auf mich – blinzelte sie mich an wie eine weise Freundin, die alles versteht, ohne dass man ihr irgendetwas erklären muss. Die weiss herausgeputzte Asta war da natürlich genau so; und Bonnie, die jüngste in meiner Hüterinnen-Familie, sicherte unser Sandrevier am Strand furchtlos gegen jeden ungebetenen Fütterer oder fremden Artgenossen. Die wuschelige Kleine schien dabei völlig vergessen zu haben, dass ihr Anblick nicht gerade Angst und Schrecken verbreitete. Ein putziger schwarzer Fellwedel auf vier kurzen Pfoten schockt keinen Fütterer oder neugierigen Rüden. Doch todesmutig loskeifend, überbellte sie das – knurrend unterstützt von Asta – wie eine ganz Große. Chapeau Bonnie. Hab' ich dir nicht vergessen.

Übrigens, mich wundert bis heute, dass Nessie und ihre kleine Schwester überhaupt Irgendjemand – egal ob auf zwei oder vier Beinen – erkennen konnten. Denn wie es bei dem tiefschwarzen Kräusel-Fell über ihren Augen möglich war, auch nur verschwommen zu sehen – das grenzte an Hellseherei.

Zu ahnen, zu wittern, oder gar voraus zu sehen, dass Vivina eines Morgens Rick und mich verlassen musste, wegen den Büro-Rudelkämpfen in ihrem Berliner Arbeitsrevier, das hätte selbst meinen Zwillingsgefährten – den himmlischen Schlauberger – überfordert. Da bin ich mir sicher. Denn sich auf der letzten Wegstrecke unserer Freundschaft aus den Augen zu verlieren, das hat weder meine Gefährtin noch das Schicksal wirklich gewollt. Uns Drei stand eine Trennung bevor, und das ausgerechnet jetzt bei den immer weniger werdenden Sandkörnern meiner Schicksals-Uhr, beim Ende des Pfoten-Stegs in meinem Clochmar-Leben.

Also bei allen Vollmonden dieser Welt, die ich bald nicht mehr bestaunen können sollte: das war keine Fügung, das war ein Irrtum der höheren Mächte, die selbst über den Sternenhimmel herrschen. Aber dieses gefühlsmäßige Desaster war leider wahr; wie ein Gewitter, das sich in Herzen austobt, die eigentlich den Beistand der Sonne und den Trost einer milden Nacht brauchen. Kurzum: in uns rumorte es gewaltig. Und weitaus schmerzhafter als damals bei dem Erdbeben über unseren Köpfen.

Vivina versprach bei ihrer Abreise, sehr bald wieder da zu sein; ganz bestimmt. Meine Gefährtin und ich wussten damals nicht, dass es unser letzter Abschied voneinander sein sollte. Jedenfalls in der Wirklichkeit, in der wir uns kennengelernt hatten.

Nun lag es allein an Rick, welche gemeinsame Fährte wir beide einschlagen würden, um das letzte Stück unserer Freundschaft zusammen zu stehen und zu gehen. Wobei es bei mir mit Promenaden nicht mehr weit her war. Meine Muskeln waren einfach zu müde; die hinteren Pfoten spürte ich kaum noch, und die vorderen Gelenke verloren mehr und mehr ihre einstige Kraft. Sie schafften nicht einmal mehr den kurzen Weg runter zu Polux. Bereits auf halber Strecke zu seinem Auffahrtstor musste ich aufgeben, und mich auf den jeden Tag steiler werdenden Rückweg nach Hause hoch quälen. Der Zeitfresser kannte kein Halten mehr. Er schob sich in meinen Körper wie eine Lawine, die kein Berg aufhalten kann.

Zuhause angekommen, ging's mir gleich etwas besser. Wenngleich Rick nicht verstand, weshalb ich die bequem gepolsterte Couch zu meiden begann. Sie war schlicht zu warm geworden für meine leicht fiebrigen Gelenke. Die bereits etwas angeschlagenen Steinplatten auf dem Boden unserer Villa Clochmar kamen da gerade recht:

sie brachten wenigstens etwas Kühlung durch mein dichtes Fell bis in das Innere meines schwerer und schwerer werdenden Körpers. Rick legte sich – und die Gute-Nacht-Decke von mir – neben mich. Ich wollte nur noch eins: einen Schlaf mit Traumgeschichten, die stärker waren als all die vielen Schmerzen, die immer mehr auswucherten. Mein Freund blieb bei mir liegen, bis meine Gedanken sich aufmachten in die Welt, die kein Gestern oder Morgen kennt. Sondern nur unvergängliche Erinnerungen, die einem selbst manchmal bereits entfallen sind. Und erst beim Träumen wieder einfallen.

Als ich meine müden Augen wieder öffnete, lag die Gute-Nacht-Decke unter meinem Kopf, damit der weich gebettet war. Und ich es in der traumhaften Schlafwelt kuschelig hatte. Rick achtete auf mich wie ein Rüden-Vater, den ich nie hatte; bis ich ihn und Vivina, die mir Gefährtin und Mutter war, kennen lernen durfte.

Schlagen wir nun die letzten Seiten meiner Geschichte als Hunde-Madame Clochmar auf. Mein Herz begann an die Tür zu meinem Zwillingsgefährten im Himmel zu klopfen. Die Zeit von knock, knock, knocking on heavens door war gekommen – zumindest ließ Rick dieses Lied rauf und runter laufen.

Doch noch hatte ich mich nicht dankend verabschiedet von dem Strand an meinem Heimat-Revier, und von dem Meer mit seinem endlosen Horizont, an dem ganz hinten Wellen und Wolken miteinander verschmelzen. Ein letztes Mal musste ich den Einstieg in unser Sterngefährt mit meinen schwächelnden Pfoten irgendwie schaffen, um diesem Paradies – von Rick hin chauffiert – zum Abschied leise adieu sagen zu können. Mon Dieu, wie sollte das gehen?

Mir ist bis heute klar: ohne die bärige Hilfe meines Koalas hätte mich mein Freund niemals auf die mit meiner Decke ausgelegte Rückbank stemmen können. Ja, mein Teddy kam mit auf die letzte rollende Fährtentour von mir runter zu dem Sand aus Sternenstaub. Pardon, aber dieser Vergleich muss erlaubt sein; immerhin hat der Strand oft blendend geglitzert - und das am Tag, funkelnd wie Sterne in der Nacht, wenn keine Wolken stören. Voila.

Als wir in Schnupper- und Sichtweite der sanft kräuselnden Schaumkronen angekommen waren, musste mein Koala-Freund zurück bleiben, um unser Sterngefährt zu bewachen; was mein treuer Kuschelgefährte übrigens bis heute tut.

Doch so konnte er leider nicht dabei sein bei dem letzten Himmel, der sich am Meer für mich über mir erhob. Und den ich danach nie mehr und nie wieder von unten sehen sollte. Rick blieb immer in direkter Blicknähe von mir, wahrte aber einen gewissen Benimm-Abstand. Mein Freund wusste: das war mein Abschied von diesem geliebten Terrain aus Wellen, Strand, Wind und Wolken. Meine Seele sagte leise Servus; und dabei durfte mich niemand stören, nicht einmal er. So nah es nur ging, um trotzdem noch ganz sicher trocken zu bleiben, robbten sich meine fast tauben Pfoten an den Rand der weissen Meeres-Gischt. Die Kraft, eine Kuhle zu buddeln, hatte ich nicht mehr. Doch der flaumige Sand hieß mich auch so willkommen, und rückte höflich zur Seite, als sich mein wahrlich stattliches Gewicht auf ihn senkte. Er gab nach und machte mir Platz. Ich sah mich mit bereits etwas benommenem Blick ein wenig um. Es musste noch früh am Tag, bestenfalls spät am Morgen sein. Denn Rick und ich waren allein am Strand. Wie der erste Stern, der des Nachts vor allen anderen – manchmal sogar noch vor dem Mond – am Himmel aufgeht. Ein trauriges Schweigen vereinte Rick und mich. Die Zeit stand still. Ein letztes Mal – für meinen Freund und mich. Wie lange genau weiß ich nicht. Doch wir spürten zusammen, wie der leise Flügelschlag eines vorbei tanzenden Papillons uns daran erinnerte, den Abschied zu beenden und aufzubrechen. Adieu Meer.

Zuhause angekommen, kamen auch die Schmerzen wieder zurück. Ziemlich aufdringlich. Da nutzten keine kühlen Bodenplatten mehr. Ich musste mich platt machen und möglichst jede Art der Bewegung vermeiden. Anders war die Glut in meinen Gelenken nicht mehr zu besänftigen. Kühlen Kopf und klare Gedanken konnte ich schon noch bewahren – trotz des fast an seinem tödlichen Ziel angelangten Zeitfressers. Denn die Furcht vor dem Weg, den das Schicksal mir bestimmt hatte, hatte ich längst in die Flucht geschlagen und aus meinem Herz verjagt. Es würde alles gut werden, auch bei meinem letzten Sandkorn. Ich würde in Würde wegschlafen in eine andere Welt, die frei war von schmerzenden Tränen und in der mein Zwillingsgefährte auf mich wartete.
Aber zuvor galt es, sich innerlich noch einmal auf die Herzensbrücke zu pirschen. Dieses Mal brauchte nicht Rick meine Hilfe aus der tiefen Freundschaft, die uns geschenkt wurde; und die nie zu Ende gehen wird, weil sie älter ist als jede Zeit. Nein, ich musste mich ranfühlen an Vivina, weil sie versuchte, schneller bei mir zu sein, als es uns bestimmt war.

Meine Gefährtin wusste, dass die letzten Sandkörner in meiner Schicksalsuhr unbarmherzig rasend schnell davon rannen. Sie gab alles, um bei mir zu sein, für einen letzten gemeinsamen Herzschlag. Doch es sollte nicht sein. Und so nahmen wir voneinander Abschied auf der Herzensbrücke – Seele an Seele geschmiegt und naturellement mit dem Versprechen, uns wieder zu sehen, in der nächsten Wirklichkeit oben im Himmel. Sollte es da keine Nudels mit Soße geben, würde Vivina dies ändern, da war ich mir sicher. Eine auf ewig besiegelte Freundschaft muss am Kochen gehalten werden, sonst ist es keine.

Während ich so bewegungslos wie möglich auf dem kühlenden Boden unserer Villa Clochmar lag, standen um mich herum ziemlich viele Schatten auf; was auch daran lag, dass Rick die Läden schloss, nachdem einer von ihnen seltsamerweise zugeklappt war, obwohl draußen überhaupt kein Mistral fauchte. Innerlich stieg eine zärtlich strahlende Sonne in mir auf – und wenn ich in mein Herz sah, sah ich Licht.

Den Besuch, den wir zu meinem Abschied bekamen, habe ich natürlich auch gesehen, ohne mich an einzelne Namen erinnern zu können. Denn meine Augen erkannten nur noch Silhouetten. Aber ganz deutlich habe ich Polux unten vor unserer Terrasse entweder bon courage oder bon voyage bellen gehört. Unglaublich – in meiner letzten Stunde kam er zum ersten Mal auf mein Heimatrevier.

Doch so sehr ich meine Spitzlauscher auch spitzte – was genau Rick mit dem eintreffenden, und von ihm als Frank begrüßten Gast besprach, das konnte oder wollte ich nicht hören. Und die kleine lederne Zaubertasche von Frank habe ich einfach übersehen. Mit Absicht. Es gibt Dinge, da mischt man sich lieber nicht einmal mit einem Blick ein.

Wie von einer tristen Wolke umhüllt kam Rick zu mir, kniete sich neben mich und nahm meine ergraute Schnauze in seine Hände. Während kleine Rinnsale – nicht größer als Tautropfen – aus seinen Augen rannen, dankte er mir für die Zeit, die er, meine Gefährtin Vivina und ich zusammen hier in meinem Heimatrevier miteinander geteilt hatten. Dann spürte ich einen kleinen Pikser hinten in meinem Fell. Danach erlöste mich der alle Schmerzen vertreibende Schlaf. Als ich schon nichts mehr von dieser Wirklichkeit sehen konnte, erschnupperte meine Schnauze noch den vertrauten Geruch von Ricks Hand, die mich bis zuletzt hielt. Den zweiten Pikser habe ich überhaupt nicht mehr gespürt. Davon hat mir erst später mein Zwillingsgefährte im Himmel erzählt.

Ich wünsche Ihnen, dass Sie sich auch so friedlich, beschützt und behütet aus ihrem Leben verabschieden können, wenn die Ihnen bestimmte Schicksals-Sanduhr abgelaufen ist.

Sollten Sie sich jetzt fragen, weshalb ich Ihnen diese Geschichte von Rick, Vivina und mir mit allem drumrum erzählen wollte, dann kann ich nur sagen: wegen der Freundschaft, die zwischen Seelen keine Grenzen kennt. Oder anders ausgedrückt: das Wichtigste im Leben sind Freunde; sonst ist man verloren. Ich hoffe, Sie gewinnen.

Eine Bitte hätte ich da noch zum Schluß: n'oubliez jamais – vergesst mich möglichst nie.

Eure
Clochmar

p.s.: Und bitte keine unnötigen, weil unangebrachten Sorgen: wo ich jetzt bin, ist Himmel. Einer, in dem man sogar Post bekommt. Wirklich, – aber lesen Sie selbst:

Geliebte Clochmar,

seit Du gegangen bist, sind viele Jahre mit Ebbe und Flut über das Meer deines Heimatreviers gezogen, das ohne Dich nicht mehr dasselbe ist. Wir freuen uns schon auf ein Wiedersehen mit Dir, irgendwann, irgendwie, irgendwo.
Solange trägt uns die Erinnerung an die gemeinsamen Zeiten durch die Welt, die Du – früher als erhofft – wegen dem Sternenlauf deines Schicksals verlassen hast. Doch in unseren Herzen lebt deine Lebensfreude, wenn wir selbst schon fast keine mehr haben. Dafür umarmen wir Dich in unseren Gedanken, Gefühlen und Gewissen immer wieder und immer mehr.

Bis dann.

Deine Gefährtin Vivina und dein Freund Rick.

Eigentlich sollte nun Schluß sein, aber dass ich das letzte Wort haben muss, war Ihnen ja klar. Ich mach's auch ganz kurz: schreiben Sie mir doch auch mal. Ich liebe es, Briefe zu bekommen. Meine Adresse ist die dreifache Wolke, abgekürzt www.clochmar.de. Ich hab' da sogar einen Briefkasten.

Und Merci für die Zeit und Aufmerksamkeit, die Sie mir geschenkt haben.

Clochmar

Annette & Norbert Sütsch

CLOCHMAR

Eine märchenhafte Freundschaft

69 Seiten
ISBN 3-8311-2558-9

Das einsame Leben der streunenden provencalischen Hündin
Clochmar verändert sich schlagartig, als ein Pärchen aus Berlin
in Clochmars Lieblingshaus Urlaub macht und Clochmar
erkennt:

Was das Schicksal dir auf der einen Seite nimmt,
gibt es dir auf der anderen Seite wieder zurück.
man muss die andere Seite nur finden,
das ist das Problem im Leben.

Annette & Norbert Sütsch

Clochmar

Das grenzenlose Versprechen

96 Seiten
ISBN 3-8311-2559-7

Der zweite Band der Clochmar-Reihe erzählt von dem
Wiedersehen der vierbeinigen Titelheldin mit ihrem Freund und
ihrer Gefährtin in der Provence. Die beiden sind rechtzeitig
zum Frühling in das gemeinsame Paradies in der Nähe des
Meeres zurück gekehrt. Als sie wieder fahren wollen, trifft
Clochmar eine mutige Entscheidung.